DIE SCHNÄPPCHENBRAUT DES SCHEICHS

WÜSTENKÖNIGE
BUCH ZWEI

DIANA FRASER

Die Schnäppchenbraut des Scheichs
von Diana Fraser

-Wüstenkönige-
Gesucht: Eine Ehefrau für den Scheich
Die Schnäppchenbraut des Scheichs
Des Scheichs Verlorene Geliebte
Vom Scheich geweckt
Beansprucht vom Scheich
Gesucht: Ein Baby vom Scheich

~

Scheich Zahir al-Zaman kniff seine Augen gegen das grelle Licht der sonnengebleichten Steinebene zusammen und konzentrierte sich auf den sich langsam materialisierenden dunklen Punkt. Innerhalb weniger Minuten erfüllte das tiefe rhythmische Dröhnen des Hubschraubers den bewölkten Frühlingshimmel wie eine zornige, auf Verwüstung ausgerichtete Heuschrecke.

Sie hatte keine Zeit verschwendet. Aber er hatte auch dafür gesorgt, dass sie seine Einladung nicht ablehnen konnte. Mit geübter Leichtigkeit verbannte er ein Aufflackern von Unbehagen. Manchmal musste man die Beute zu sich locken. Manchmal auf eine Art und Weise, die nicht gerade appetitlich war.

Aber der Zweck heiligte immer die Mittel. Sie *würde* ihm gehören, und er war bereit, alles dafür zu tun.

Er beobachtete, wie der Hubschrauber in einer Staubwolke vor dem Palast landete. Der Pilot hob einen kleinen Koffer heraus und begann die Tür zu öffnen, bevor sie von innen abrupt aufgestoßen wurde und zwei lange, in

Jeans bekleidete Beine erschienen. Eine große Blonde sprang heraus und schaute sich ungeduldig um den Palast herum um, ihr Kopf drehte und wendete sich rastlos.

Sie hatte sich verändert. Sie war dünner geworden, ihr Haar länger, ihr Gesicht nicht mehr sonnengeküsst, sondern so blass wie die Wüste im Mondlicht. Dennoch reagierte sein Körper genauso auf sie wie damals, als sie ihn in seinen Träumen besuchte.

Sechs lange Jahre hatte er mit seiner Besessenheit von ihr gelebt: Er verfluchte und nährte gleichermaßen die Wut über ihre Täuschung und ihren Verrat, während er sich dennoch danach sehnte, die Leidenschaft ihrer einen gemeinsamen Nacht wieder zu erleben. Aber der Tod seines Bruders bedeutete, dass er nicht länger mit diesem Wahnsinn leben musste.

Dann, mit einer kaum merklichen Kopfbewegung, blickte sie auf und sah ihn. Zahir runzelte die Stirn und sein Atem stockte unerwartet in seiner Brust. Eisblaue Augen starrten ihn an, forderten ihn heraus, verlangten eine Erklärung von ihm. Wie konnten Augen, so kühl und nordisch, solch ein Feuer entfachen? Sie wandte sich plötzlich ab und schob die Tür des Hubschraubers mit einer Kraft zu, die ihrer scheinbaren Zerbrechlichkeit widersprach. Der metallische Knall hallte um den Palast herum und zerstörte seinen Frieden und seine Ordnung.

Er würde bekommen, was er wollte, aber er wusste ohne Zweifel, dass es nicht einfach werden würde.

„Sie warten hier. Der Scheich ist momentan beschäftigt, aber er wird Sie empfangen, wenn er Zeit hat."

„Auf keinen Fall!", warf Anna ihre Tasche auf den nächsten Stuhl. „Es ist mir egal, ob er beim Präsidenten der Vereinigten Staaten ist. Sagen Sie ihm, dass ich hier bin und dass ich ihn *sofort* sprechen werde."

Der Beduinen-Diener nickte einfach und zog sich aus dem Raum zurück.

Anna durchquerte die riesige, steingepflasterte Empfangshalle, riss die Holzläden des nächsten Fensters auf und schaute hinaus, suchte im gefliesten Innenhof unten nach Anzeichen ihres Sohnes. Es gab keine.

Sie richtete ihren Blick zur hohen Decke, deren reich geschnitzte Säulen und Balken in Schatten gehüllt waren, und versuchte, die Verzweiflung und den Kummer zurückzuhalten, die sie erfüllten.

Zahir, du Bastard, wo ist mein Sohn?

Er wusste, dass sie angekommen war. Sie hatte gesehen, wie er sie von oben beobachtete. Sie hatte einen sechsten Sinn, was ihn betraf, was jeden betraf, der sie oder ihr Kind bedrohte.

Sie band ihr Haar zu einem frischen Pferdeschwanz zusammen und glättete ihr Hemd. Mehr um ihren zitternden Händen etwas zu tun zu geben, als um sich auf das Treffen vorzubereiten.

Aber ihre Hände zitterten weiter, während ihr Körper sich auf eine Konfrontation vorbereitete. Sie setzte sich in den nächsten Stuhl und sammelte ihre Wut. Es war die Wut gewesen, die die Angst davon abgehalten hatte, die Oberhand zu gewinnen. Und sie brauchte sie jetzt.

Ein Monat mit nur Telefon- und Skype-Gesprächen mit ihrem Sohn und jetzt so nah, aber immer noch konnte sie nicht zu ihm. Sie hätte vor Frustration und etwas anderem, das sie zu ignorieren versuchte, schreien können. Es ließ ihre Haut kribbeln, es verursachte Übelkeit. Sie ließ den Kopf in die Hände sinken und atmete tief durch, um es zu kontrollieren. Aber trotz ihrer besten Bemühungen ließ es sich nicht bezwingen. So war die Angst nun mal. Und sie hatte jetzt Angst. Angst davor, ihren Sohn zu verlieren.

Das sanfte Gleiten weicher Ledersandalen kündigte die Rückkehr des Dieners an. Sie blickte erwartungsvoll in das verwitterte Gesicht des alten Beduinen.

„Hier entlang, Madame."

Ihre Stiefelschritte hallten laut auf den alten Steinkorridoren wider, die von den Schritten von Generationen der al-Zaman-Dynastie glatt geschliffen worden waren. Sie gingen scheinbar endlos durch wunderschön proportionierte Räume, die ineinander übergingen, durch hallende Säulengänge, die prächtige Gärten säumten, vorbei an duftenden Innenhöfen und geheimnisvollen Korridoren, die direkt in den felsigen Hügel zu verschwinden schienen, auf dem der Palast erbaut war.

Schließlich öffnete der Beduinen-Diener eine schwere, dunkle Teakholztür.

„Sie können hier warten."

Sie trat in den Raum und schaute sich um, trotz allem beeindruckt.

Der Raum war offensichtlich Teil des weniger formellen Flügels des Palastes. Während er die gleichen Zeichen der Antike trug wie die große Empfangshalle, besaß er nichts von deren Strenge. Hier wärmte das Licht von hohen Obergadenfenstern den Sandstein und verlieh dem Bernstein und den Cremetönen der gefliesten Wand einen magischen Schimmer. Sie konnte das Plätschern eines Brunnens aus dem Innenhof jenseits der offenen Fenster hören und sie konnte süßen Jasmin riechen.

Er war auch komfortabel eingerichtet, mit einfachen,

übergroßen Wildledersofas in neutralen Tönen, die um einen riesigen Holztisch gruppiert waren, der durch die jahrelange Pflege eine Patina entwickelt hatte.

Sie setzte sich erschöpft hin und schaute sich um. Es war ein Raum, der die Sinne ansprechen sollte: ein verführerischer Raum. Gott stehe ihr bei.

Sie ließ ihre Tasche fallen und ihre Hand strich instinktiv über die geometrischen Einlegearbeiten, die den Holztisch säumten. Er war glatt, abgenutzt von Generationen von Händen, die seine Schönheit erspüren wollten. Doch während ihre Finger dieselbe Verbindung suchten, suchten ihre Augen die Schatten ab.

Eine kühle Brise verriet ihr, dass sich auf der anderen Seite des Raums, hinter einem Holzschirm, eine Tür öffnete.

Sie sah ihn zunächst nicht, aber sie wusste, dass er da war. Allein das Gefühl seiner mächtigen Präsenz in der Nähe erweckte etwas tief in ihr, das seit ihrer letzten Begegnung geschlummert hatte. Ihr Herz hämmerte gegen ihre Brust und sie spürte eine Hitze durch ihren Körper steigen, die nichts mit der Wärme des Frühlingsnachmittags zu tun hatte.

Dann trat er hervor, ganz in Hell und Dunkel. Bei Zahir hatte es nie Kompromisse gegeben - weder körperlich, noch intellektuell oder emotional. Es war Teil der anfänglichen Anziehung gewesen, mit jemandem zusammen zu sein, der so *bestimmt*, so *sicher* war. Jetzt betonte das Weiß seiner Gewänder die reiche Muskatnussfarbe seiner Haut und die Schatten, die sich unter den markanten Linien seines Gesichts sammelten. Auch seine Augen schienen das Licht zu absorbieren. Sie zeigten keine Feinheiten im Ausdruck oder in der Farbe, nur Intensität.

Sie spürte, wie diese Intensität sie auf einer elementaren Ebene berührte, genau wie damals vor fast sechs Jahren. Es war genauso wie früher, abgesehen von der kalten Kontrolle, die sie in ihm spüren konnte, und abgesehen von der Tatsache, dass sie jetzt Mutter war und mehr zu verlieren hatte als sich selbst.

Dann trat er ins Licht und der Eindruck verflog. Er war immer noch der mächtige, charismatische Scheich, aber zivilisiert. Während sich ein Lächeln um seine Lippen kräuselte, zeigten seine Augen Zurückhaltung, Distanz.

„*Salamm w aleykum*, Anna." Er nickte ihr zur Begrüßung zu. „Wie war die Reise? Ich hoffe, mein Personal war zuvorkommend?"

Sie sprang auf. „Wo ist er?"

„Ist das etwa die Art, einen Schwager zu begrüßen? Weder in meinem Land noch in deinem ist das üblich, glaube ich."

„So behandeln wir Menschen, Familie oder nicht, die versuchen, einem das Kind wegzunehmen."

„Ich stimme zu, solche Umstände rechtfertigen nicht die üblichen Höflichkeiten. Allerdings bin ich altmodisch in solchen Dingen."

„Erspar mir die Lektion in Manieren und sag mir, wo ich meinen Sohn finde. Wir werden mit dem nächsten Flugzeug abreisen."

„Bitte setz dich. Ich habe Minztee für dich bestellt. Ist das annehmbar?"

„Wo ist er?"

Er lächelte und setzte sich.

„Anna. Ich bin höflich. Ich stelle Fragen, die du deinerseits höflich beantworten solltest. Hat deine Mutter nicht...? Nein. Natürlich nicht. Nach dem wenigen, was Abduallahmir über dich erzählt hat, scheint deine Erziehung in den sogenannten *zivilisierten* Vereinigten Staaten weit von meiner Vorstellung von Zivilisation entfernt gewesen zu sein. Anscheinend hast du von deiner Mutter nur den Wunsch nach Reichtum übernommen." Seine Augen glitzerten. „Und das hast du gut genug geschafft, nicht wahr? Hast meinen romantischen Bruder leicht genug getäuscht."

„Hör schon auf. Ich bin keine siebentausend Meilen gereist, um so zu tun, als wären wir auf höflichem Fuß. Ich will meinen Sohn. Gott weiß, wie viel Geld es dich gekostet hat, das Gericht dazu zu bringen, dass er für einen Urlaub hierher kommen soll. Und wie viel mehr, um ihn hier zu behalten." Sie strich sich über ihr straff gebundenes Haar. „Wo ist er?"

Bei dem Gedanken an ihren Sohn spürte sie, wie Tränen in ihre Augen stiegen und der Mahlstrom der Gefühle, der in ihrem Herzen tobte, an die Oberfläche zu drängen drohte. Aber sie hielt seinem Blick entschlossen stand. Er *würde* ihr sagen, wo ihr Sohn war, und sie *würde* nicht schwach werden.

Als das Gericht seine Entscheidung getroffen hatte, war sie gezwungen gewesen, einem vierzehntägigen Urlaub Mattas in Qawaran ohne sie zuzustimmen. Sie würde es überleben. Und sie wusste, dass Matta die Zeit mit der Familie seines Vaters genießen würde, die er von häufigen Besuchen in den Staaten gut kannte. Und er hätte seine geliebte Kinderfrau bei sich. Aber die Wochen waren zu einem Monat geworden, und sie war gezwungen gewesen, ein Visum zu beantragen, um ihren Sohn zu suchen, in der Angst, er würde nie zu ihr zurückkehren. Und jetzt war sie hier, um sicherzustellen, dass er es tat.

Er lehnte sich zurück und musterte sie langsam von oben bis unten, von ihren abgetragenen Stiefeln bis zu ihrem Haar, das seit Monaten keinen Friseur mehr gesehen hatte. Na und? Sie stand aufrecht und sah ihm direkt in die Augen. Sie mochte einen reichen Mann geheiratet haben, aber seit dem Tod ihres Mannes war sie nicht mehr wohlhabend.

„Anna." Es war sein sanfter Ton, der es tat. Sie spürte, wie der Schmerz durch den Zorn brach, der ihr Schutzschild war. Sie wandte sich ab, aber nicht bevor sie die Reaktion auf ihre Qual in seinem Gesicht sah.

„Anna, mein Neffe ist bei Muma Yemena und ruht sich vor dem Abendessen aus."

Sie nickte und versuchte, ihren Freudensprung zu kontrollieren, weil sie zu ihm durchgedrungen war. „Geht es ihm gut?"

„Natürlich. Er wurde gut versorgt. Muma Yemena ist seit seiner Geburt seine Kinderfrau."

„Nur weil du darauf bestanden hast. Mit fünf Jahren braucht er keine Kinderfrau mehr."

„Das ist unsere Tradition. Und es stellte auch sicher, dass er mit seiner Kultur in Verbindung blieb."

Sie seufzte und setzte sich, betrachtete ihre Hände in ihrem Schoß, aller Kampfgeist war verflogen. Sie versuchte verzweifelt, die nagende Angst zu kontrollieren, dass ihr Sohn sie nicht mehr brauchte.

„Ich will ihn jetzt sehen." Ihre Stimme war nervös, angespannt.

„Noch nicht."

Sie sprang auf. „Wenn du mich nicht zu ihm bringst, finde ich ihn eben selbst."

Er schüttelte den Kopf. „Du würdest dich innerhalb von Minuten verlaufen."

Sie drehte sich um und ging zur Tür. Aber bevor sie sie öffnen konnte, war er neben ihr, seine Hände umklammerten ihre Handgelenke.

„Anna. Du musst dich beruhigen, bevor du ihn sehen kannst. Wir müssen zuerst reden."

„Du hast zwei Minuten, dann gehe ich."

Sie erstarrte, als er seinen Griff um ihre Hand verstärkte.

„Ich werde mir so viel Zeit nehmen, wie ich will, und du *wirst* zuhören."

„Was zum Teufel haben wir uns noch zu sagen, was nicht schon gesagt wurde? Was musst du noch wissen?"

„Ich? Ich muss nichts weiter wissen. Aber du schon."

Ihre Stimme war leise. „Ich hasse dich, Zahir. Du hast bei Abduallahs Beerdigung deutlich gemacht, dass du nicht ruhen würdest, bis du Matta nach Qawaran bringen könntest. Und du hast Wort gehalten. Aber sein Besuch ist vorbei. Er kommt heute mit mir zurück in die USA."

„Du verstehst es immer noch nicht, oder? Matta ist hier, weil er von nun an bei mir leben wird."

„Nein!" Sie schüttelte den Kopf, winzige kleine Schüttelbewegungen, die Zittern durch ihren Körper sandten. „Ich werde niemals zulassen, dass Matta hier bei dir bleibt. Du hast keine rechtlichen Ansprüche."

„Ich bin sein Onkel. Er wird mein Erbe sein. Er wird alles haben. Bei dir wird er nichts haben. Kaum das

Verhalten einer fürsorglichen Mutter, deinem Kind so viel vorzuenthalten."

„Ein Kind braucht seine Mutter. Um Gottes willen. Es muss doch einen Funken Menschlichkeit in dir geben. Denk an deine eigene Mutter. Denk an sie."

„Meine Mutter starb, als Abduallah noch ein Baby war und ich zehn Jahre alt. Ich kann mich kaum an sie erinnern. Ein Kind muss früh lernen zu überleben, und Matta wird genau das tun."

„Nein! Du kannst ihn nicht nehmen. Jedes Gericht in jedem Land würde der Mutter das Sorgerecht für ihr eigenes Kind zusprechen."

„Das kommt darauf an, was man der Mutter nachweisen kann."

„Nichts. Sie haben *nichts* gegen mich. Ich habe *nichts* getan."

Der dünne Schleier der Höflichkeit verließ ihn augenblicklich. Die verführerische, seidenweiche Aura des wohlhabenden Frauenhelden – dessen Spielplatz keine Grenzen kannte – wurde ersetzt durch den mächtigen Sheikh, der seine jüngeren Jahre im Krieg verbracht hatte, wo keine Regeln galten. Die Veränderung zeigte sich in seinen Augen. Sie waren bloß – entkleidet von der kühlen Distanziertheit – nackt und wild.

„Du hast *alles* getan. Abduallah ist *tot* wegen dir und deiner Familie."

Sie schüttelte den Kopf. Aber sie konnte die Verbindung zwischen ihrer Familie und Abdullahs Tod nicht völlig leugnen. Wenn sie ihn nicht ihrem Bruder vorgestellt hätte, wenn die Drogen nicht so leicht verfügbar gewesen wären für jemanden mit den Verbindungen ihres Bruders und Abdullahs Geld...

Aber sie war es nicht. Sie konnte nicht dafür verantwortlich gemacht werden. „Nein." Sie schüttelte ihren Kopf noch energischer.

„Sieh den Tatsachen ins Auge, Anna, du bist kaum die tugendhafte Witwe. Beweise lassen sich leicht beschaffen."

„Das würdest du nicht tun."

„Was? Beweise gegen dich fabrizieren? Das muss ich gar nicht. Es ist erstaunlich, wie leicht Menschen reden – sagen, was immer man will – wenn Geld im Spiel ist. Ich weiß, dass du keine Drogen nimmst – und nie genommen hast – aber deine Verbindungen waren für Abduallah tödlich. Und glaub mir, ich würde alles tun, um die Zukunft meines eigenen Fleisch und Bluts zu sichern."

Sie wurde bleich bei seinen Worten. „Matta?"

„Natürlich."

„Matta ist *mein* Sohn", wiederholte sie. „Ich gebe ihn nicht an dich: weder jetzt noch jemals. Ich würde eher sterben."

Er trat auf sie zu und musterte ihr Gesicht. Sie hatte keinen Ausweg. Ihr Rücken war bereits gegen die Tür gepresst. Er berührte ihre Wange mit seinem Finger, zog sanft eine samtige Spur, die an ihrem Kiefer endete. Er verengte seine Augen beim Anblick der Feuchtigkeit auf seiner Fingerspitze. Sie hatte nicht einmal bemerkt, dass sie weinte.

Die Falte zwischen seinen Augenbrauen vertiefte sich. Er drehte sich um, als wolle er sich abwenden, als wolle er einen inneren Kampf verbergen, hielt aber abrupt inne und wandte sich ihr wieder zu. Still suchten seine Augen die ihren und sie sah, dass die Kälte verschwunden war, ersetzt durch eine komplexe Intensität, die sie verwirrte.

„Du liebst ihn also", sagte er dumpf.

„Das Wort *Liebe* klingt seltsam aus deinem Mund, Zahir. Ich bin überrascht, dass du weißt, was es bedeutet."

Er ließ die Hand sinken, die nahe ihrer Wange schwebte, sein schönes Gesicht plötzlich müde. Abduallah hatte ihr von Zahirs Opfer erzählt: die Jahre des Wüstenkrieges, das Leben fern der Heimat, um seine Familie und sein Land zu schützen. Wie konnte ein Mann, so isoliert, so an den Krieg gewöhnt, etwas von Liebe wissen?

„Sag mir, Anna, warum hast du meinen Bruder geheiratet?"

Seine Frage traf sie unvorbereitet. Sie zögerte, als sie sich an die kurze Werbung ihres Mannes erinnerte – so anders als die der anderen Männer, die sie gekannt hatte.

„Er war sanft, er respektierte mich." Schon während sie die Worte aussprach, wurde ihr klar, wie unglaublich klein sie für Menschen klingen mussten, die nicht für alles kämpfen mussten, was sie hatten. Aber für sie waren sie riesig gewesen – groß genug, um sie von ihrem hart erkämpften Cornell-Stipendium abzubringen. Abduallah wollte, dass sie mit ihm reist. Er war immer rastlos auf der Suche nach Neuem, und sie war jung und zu leicht zu überreden gewesen. Diesen Fehler würde sie nie wieder machen.

„Das ist alles? Du hast unsere Familie durch die Hölle geschickt, weil du Respekt brauchtest?"

„Ich habe ihn geheiratet, weil ich ihn liebte."

Sein Blick senkte sich kurz. Er ging weg und schaute durch eines der großen, kuppelförmigen Fenster mit Blick über die Wüste zu den fernen roten Hügeln.

„Sein Geld hast du mehr geliebt. Es muss wie ein Wunder erschienen sein, dass jemand seines Standes sich für jemanden wie dich interessierte."

Sein bitterer Ton und die Ungerechtigkeit von allem trafen sie. „Warum? Du hast es doch auch getan", schoss sie zurück.

Sie biss sich auf die Lippe. Auf ihren One-Night-Stand anzuspielen war unter den gegenwärtigen Umständen kaum klug.

Er drehte sich langsam zu ihr um. Horizontale Strahlen der späten Nachmittagssonne fielen auf sein dunkles Gesicht, offenbarten aber nichts. Er war jetzt wie ein geschlossenes Buch, als er sich ihr näherte.

Verschlossen und zu nah.

Ein Muskel zuckte in seinem Kiefer.

„Ich", er löste das Band, das ihr Haar zurückhielt, und beobachtete aufmerksam, wie es wie ein seidener Vorhang in Position fiel, „wusste in dieser Nacht nichts über dich. Am wenigsten, dass du die Frau meines Bruders warst. Außerdem bin ich nicht mein Bruder. Ich bin Realist. Ich hege keine sentimentalen Illusionen über irgendetwas oder irgendjemanden. Ich rate dir, das nicht zu vergessen."

Sie riss ihm das Band aus der Hand. „Und ich rate dir, mir mit Respekt zu begegnen."

„Wenn es Respekt ist, den du willst, solltest du vielleicht erst einmal Loyalität üben, versuchen, die Wahrheit zu sagen."

„Die Dinge", sie zögerte, als sie die Worte der Verteidigung verwarf, die ihr auf die Lippen sprangen, „sind nie so einfach, wie sie scheinen." Es hatte keinen Sinn, es weiter auszuführen. Was auch immer sie sagte, in seinen Augen war sie verdammt.

„Es war *genau* so einfach."

Sie spürte die latente Kraft seiner Faust, als sie kurz gegen den Türrahmen schlug, bevor er sich abwandte.

Sie hatte keine Angst um sich selbst. Sie wusste instinktiv, dass er ihr nie körperlich wehtun würde. Es war das, was er ihr emotional antun konnte, was ihr Angst machte.

„Es gibt nur eine einfache Tatsache hier, und zwar dass Matta *mein* Sohn ist und er *nicht* hier bei dir leben wird."

Er wandte sich ihr zu, alle Anzeichen seines Zorns wieder maskiert. Er schüttelte den Kopf. „Das Kind bleibt." Seine Lippen verzogen sich zu einem eisigen Lächeln.

Die Kälte wurde zu Eis in ihrem Rücken und zerstörte alle Hoffnung.

„Du kannst ihn mir nicht wegnehmen. Das kannst du nicht." Sie trat auf ihn zu und umklammerte verzweifelt seinen Arm, griff nach den losen Falten seines Gewands wie eine Sterbende, die sich an einen Rettungsring klammert. Er erstarrte augenblicklich, als wäre er elektrisiert. Seine Augen waren gesenkt, aus Verachtung, vermutete sie. Aber sie hatte nichts mehr zu verlieren. „Was muss ich tun, damit du es verstehst?"

„Du kannst nichts tun." Er hob langsam seine Hand zu ihrer, die noch immer den weichen Seidenstoff seines Gewandes umklammerte, und drückte sie dann gegen ihre. Für einen langen Moment dachte sie, sie hätte vielleicht etwas in ihm berührt, doch dann packte seine Hand die ihre und zog sie weg. „Betteln wird dich nirgendwo hinbringen."

„Was dann?" Er schwieg und sie nutzte ihren Vorteil. Sie hatte nichts zu verlieren und alles zu gewinnen. „Zahir, du kannst ihn nicht nehmen. Er ist mein Leben."

Sie schüttelte den Kopf und er schloss kurz die Augen, als ihr Haar seine Wange streifte. Er fing eine Strähne zwischen seinen Fingern ein, ließ sie aber nicht fallen.

„Und was bedeutet mir dein Leben? Leben in der Wüste, Leben im Krieg, ist nur das wert, wofür man handeln kann. Was", fügte er leise hinzu, „würdest du für deinen Sohn geben?"

„Sie wollen handeln?", fragte sie ungläubig.

„Ja."

„Was willst du?"

„Dich."

Er ließ seine Hand ihren Arm hinuntergleiten.

„Warum solltest du mich wollen, wenn du so wenig Respekt vor mir hast."

Er lächelte. „Respekt? Eher unerledigte Geschäfte."

Etwas, Angst oder Lust, durchfuhr sie tief im Inneren und sandte Schauer bis in ihre Haut. Er hob ihren Arm und untersuchte ihren Unterarm, der sich nun mit Gänsehaut überzogen hatte.

„Ist dir kalt, Anna?"

„Angewidert, Zahir."

„Das glaube ich nicht. Ich denke, ich weiß, du willst mich noch immer. Wenn du bei mir lebst, hier in Qarawan, kannst du bei deinem Sohn bleiben. Andernfalls wirst du ihn nie wiedersehen."

„Das kannst du nicht machen."

„Ich habe die Macht, Anna, glaub mir. Nun, du kennst meine Bedingungen, wie lautet deine Antwort?"

„Lass uns das klarstellen. Du willst mich für Sex und im Gegenzug kann ich bei meinem Sohn leben? Du bist ein kranker Mann."

„Ich bin ein ehrenwerter Mann. Ich werde mich dir

nicht aufzwingen. Du wirst schon bald von selbst zu mir kommen."

Sie schüttelte den Kopf. „Niemals."

„Vor sechs Jahren musste ich nur den Raum betreten und du wolltest mich. Du konntest kaum warten, bis wir im Aufzug waren, im Hotelzimmer, bevor deine Hände meine nackte Haut fanden, meinen Körper erkundeten, meine Hose öffneten, und bevor deine Lippen-"

„Hör auf!"

„Wie oft haben wir in dieser Nacht miteinander geschlafen, Anna?" Seine Stimme war zu einem rauen Flüstern geworden.

Sie schluckte hart und spürte eine Welle von Hitze mit dem Pochen ihres Herzens aufsteigen und ein dumpfes Verlangen sich zwischen ihren Beinen ausbreiten. Es stimmte. Sie hatte ihn damals gewollt und sie wollte ihn jetzt.

Sie schüttelte hilflos den Kopf. „Ich kann mich nicht erinnern."

„Ich denke, das kannst du. Ich denke, du erinnerst dich, ich denke, du durchlebst diese Momente wieder, denn wie du kann auch ich sie nicht vergessen. Du *wirst* zu mir kommen. Mach dir keine falschen Hoffnungen."

Er war jetzt so nah, dass sie das beschleunigte Heben seiner Brust an ihren Brüsten spüren konnte, konnte das verführerische Gleiten seines Seidengewands auf ihrer Haut fühlen. Unfähig seinem Blick zu begegnen, hielt sie ihre Augen gesenkt, fokussiert auf seinen Mund, auf Lippen so weich, so völlig im Gegensatz zum Rest von ihm, dass sie Bilder hervorriefen, die sie verzweifelt zu vergessen versuchte.

Sie konnte an dem sanften Lächeln, das diese weichen

Lippen umspielte, erkennen, dass er wusste, wohin ihre Gedanken wanderten.

„Siehst du? Die Bedürfnisse deines Körpers sind stärker als alles andere. Du willst mich und du sollst mich haben."

„Wie kannst du das tun?"

Er fuhr fort, als hätte er ihre Worte nicht gehört. „Und dann wirst du auch dein Kind haben. Nur diesmal werde ich nicht der unbequeme Bruder deines Mannes sein. Ich werde dein Ehemann sein."

„Du willst mich heiraten?"

„Natürlich. Heirat ist der einzige respektable Weg. Wir haben meinen Erben, deinen Sohn, zu bedenken, vergiss das nicht."

„Aber du liebst mich nicht. Warum willst du mich heiraten?"

„Du kommst aus dem Westen. Ehe ist nicht fürs Leben - das weißt du sicher - und nirgendwo mehr als in meinem Land. Wenn ich deiner überdrüssig werde, kann ich eine andere Frau nehmen. Oder dich einfach in einen anderen Palast bringen lassen. Das ist kein Problem."

„*Du* bist ein unmoralischer Bastard."

„Das ist keine Art, über deinen zukünftigen Ehemann zu sprechen."

„Und *du*, so einer wie *du*, willst der Vater meines Kindes sein."

„Ich werde für ihn sorgen. Er ist von meinem Blut."

Sie waren sich jetzt nahe, ihre Augen aufeinander gerichtet, sowohl die Macht der Anziehung enthaltend, die sie ursprünglich zusammengebracht hatte, als auch den Zorn und die Bitterkeit, die gefolgt waren. Sie konnte seinen beschleunigten Atem an ihrer Wange spüren, wie er zweifellos auch ihren spürte.

„Nein." Das einzelne, verzweifelte Wort schwebte zwischen ihnen - zu leise, um wirklich Kraft gegen ihn zu zeigen.

„Ja." Seine Stimme war ebenfalls leise - er musste nichts beweisen. Er bewegte sich noch näher zu ihr, bis nichts mehr zwischen ihnen war. Keine Trennung und kein Entkommen.

Er neigte seinen Kopf zu ihrem, als wolle er sie einatmen, und ihr stockte der Atem.

In diesem einen Moment nahm sie die Details seines Gesichts auf, als könnte sie tatsächlich die dunklen Stoppeln seines Kiefers spüren, wie sie rau über ihren eigenen Kiefer strichen, könnte *fühlen*, wie sein seidiges Haar sanft gegen ihre eigene Wange fiel. Sie schloss die Augen, um die Verbindung zu brechen, zwang sich, die Verwirrung von Hass und Bedürfnis zu vertreiben, den Konflikt zwischen Verstand und Körper.

Als sie sie wieder öffnete, war er zurückgetreten, eine trotzige Müdigkeit hatte sich eingestellt.

„Komm, du musst dich ausruhen und dann werde ich Matta zu dir bringen lassen."

Sie schüttelte den Kopf, als wolle sie sich von dem Albtraum befreien, der sich entfaltete. Er hatte Recht. Ihr blieb nur eine Wahl. Sie fühlte, wie sie buchstäblich in sich zusammensackte. Ihre Beine gaben unter ihr nach und aller Kampfgeist verschwand.

Plötzlich spürte sie seinen Arm um sich, der sie stützte, ihr die Kraft gab, die sie brauchte.

„Es wird nicht so schlimm sein, Anna. Du wirst alles

haben, was du brauchst, mehr als du dir vorstellen kannst. Du wirst viel mehr gewinnen als du zurücklässt."

Sie stieß ihn weg. „Du weißt gar nichts. Alles, was ich gewinnen würde, wäre mein Kind. Ich würde alles andere verlieren, was ich mein ganzes erwachsenes Leben lang geschätzt und wofür ich gearbeitet habe."

Er schwang die Doppeltüren auf und trat zurück, damit sie durchgehen konnte.

„Was könntest du möglicherweise zurücklassen, das du so sehr schätzt?"

Sie ging hinaus in das warme Licht der Abendsonne und blickte weg, weit weg, zu den fernen Bergen, die jetzt einen bläulichen Dunst gegen einen sanften aprikosenfarbenen Himmel bildeten.

„Meine Unabhängigkeit."

Das hohle Echo der zuschlagenden Türen verschluckte ihre Worte. Sie bezweifelte, dass er sie überhaupt gehört hatte.

KAPITEL 2

Anna beobachtete, wie die Schatten langsam Gestalt annahmen, während das sanfte Dämmerlicht ihr Schlafzimmer in all seiner luxuriösen Pracht enthüllte. Obwohl uralt, schien alles im Palast darauf ausgelegt zu sein, die Sinne zu verführen: von den feinen, weißen Seidenvorhängen, die in der frischen Brise schimmerten, bis hin zum Duft der Orangenblüten, der wie eine Einladung in der Luft hing.

Doch es gab nur einen Luxus, der wirklich notwendig war. Und der lag jetzt in ihren Armen. Sie seufzte genüsslich und zog ihren Arm vorsichtig unter Mattas Kopf hervor, um ihren schlafenden Sohn voller Ehrfurcht zu betrachten.

Entspannt lagen seine Arme zu beiden Seiten seines Kopfes und seine Füße hatten die leichte Decke weggestrampelt. Mit dem gleichen reichen Hautton wie sein Vater sah er aus, als gehöre er in diese exotische Umgebung, die ihren Augen so fremd war.

Der Gedanke verdrehte sich in ihrem Magen und

hinterließ eine Leere, von der sie wusste, dass sie sich vielleicht nie füllen würde. Er entfernte sich von ihr. Seit ihrer Wiedersehensfreude am Vorabend hatte sie gesehen, dass er sich hier im Palast zu Hause fühlte. Er war mit den Geschichten und der Poesie Qawarans aufgewachsen und kannte sogar ein paar Wörter der Landessprache. Als sie ihn beobachtete, wie er herumlief, gefolgt von einer hingebungsvollen Armee von Verwandten und Bediensteten, sah sie, wie er sich auf eine Art und Weise eingelebt hatte, wie nie zuvor.

Erneut sog sie den Anblick seiner runden Wangen und der dunklen Wimpern auf, die wie friedvolle Halbmonde auf seiner dunklen Haut lagen. Sie würde alles tun, um ihm das bestmögliche Leben zu ermöglichen. Selbst wenn das bedeutete, Zahir Recht zu geben. Vielleicht war dies der Ort, wo ihr Sohn sein musste, wo er hingehörte. Als Erbe des Königreichs Qawaran würde er ein Leben in Macht und Privileg führen. Würde er ihr vergeben, wenn sie ihm das vorenthielte? Würde ihr bürgerliches vorstädtisches Leben in Amerika für ihn ausreichen? Sie schüttelte verzweifelt den Kopf. Die Wahrheit war, sie konnte nicht mit dem mithalten, was Zahir ihm bot.

Sie erschauderte und erhob sich vom Bett, angezogen von dem riesigen östlichen Fenster, das von einst kühnen Schnitzereien umrahmt wurde, die durch die Berührung von Generationen gedämpft worden waren. Das Fenster bot einen weiten Blick über die endlosen steinigen Hammada-Ebenen, begrenzt von einem Horizont, der nur eine Kohlelinie im farblosen Vormorgenlicht war.

Es war ein roher Anblick unendlicher Monotonie, aber auch unendlicher Kraft. Es war fesselnd.

Sie ließ sich auf der Fensterbank nieder, stieß das alte

bleigefasste Fenster auf und lehnte sich hinaus, den Blick auf die strengen Mauern des Palastes gerichtet. Wo der Palast begann und der Felsen endete, war schwer zu sagen. Der Palast und der felsige Steilhang ragten hoch über den Ebenen auf, scheinbar eins, den Luxus im Inneren verbergend.

Die Andeutung eines Schattens glitt im blassen Licht über sie hinweg und sie blickte zu den höchsten Felsen hinauf, die über dem Schloss aufragten. Ein riesiger Falke kreiste lautlos in den hohen, wirbelnden Winden, verloren in einer Welt beiläufiger Freiheit.

Nur etwas, das nie gefangen war, konnte die Freiheit so leicht nehmen. Sie würde sie nicht so leicht nehmen.

„Mama!" Mattas weich gerundeter Körper sprang ihr in den Schoß, seine Arme schlangen sich um ihren Körper. Er vertraute ihr bedingungslos und sie musste an ihn denken, nicht an sich. Was *sie* wollte, musste zweitrangig sein.

Sie streichelte sanft seinen Rücken und Mattas Atem wurde ruhiger. Mit seiner Wange an ihrer Brust seufzte er tief und zufrieden und schlief sofort wieder ein. Annas Gedanken wanderten zu Abdullah. Trotz des äußeren Anscheins wusste sie, dass Abduallah im Westen nie wirklich glücklich gewesen war. Und wäre er in Qawaran geblieben, wer weiß, vielleicht würde er noch leben. Sie hasste es zuzugeben, aber Zahir hatte Recht. Mattas Platz war hier, in Qawaran.

Sie blickte wieder auf Mattas schlafgerötete Wangen hinab, strich sanft eine dunkle Haarsträhne beiseite und küsste seinen Kopf. Und sie wusste, wo auch immer Matta sein würde, dort würde auch sie sein.

ZAHIR LEHNTE SICH ZURÜCK, nahm einen dritten Schluck vom Kaffee und reichte die Dallah an Anna weiter, die wie er mit überkreuzten Beinen saß, ihre Gewänder locker um ihren schlanken Körper fallend.

Wenn sie von der traditionellen Zeremonie, dem Teilen einer Tasse, dem starken, kardamomgewürzten Kaffee überrascht war, verbarg sie es gut. Seine Augen folgten ihren Lippen, als sie sich an die kleine weiße Tasse pressten, die weichen vertikalen Linien leicht gespitzt, während sie den heißen Kaffee nippte.

War ihr Gesicht, waren ihre Lippen, schon immer so zart gewesen? Seine Zeit mit ihr war intensiv, aber kurz gewesen. Er erinnerte sich nicht an die Durchsichtigkeit ihrer Haut mit den dunklen Schatten unter ihren Augen, und er erinnerte sich nicht daran, dass ihre Lippen, von denen er nur Kraft gespürt hatte, so fein gezeichnet waren.

„Na, war der Handel – so wie er ist – ein guter?" Sie blickte plötzlich auf, als sie sprach, ihr blondes Haar – an manchen Stellen weißblond – schimmerte um ihr Gesicht, und er konnte sehen, dass ihre blaugrauen Augen noch immer diesen gleichen Ausdruck von Stärke und Herausforderung trugen. „Du musterst mich wie irgendeinen Besitz. Ich frage mich nur, ob du denkst, dass du dein Geld wert bekommen hast."

„Natürlich. Sonst hätte ich den Handel nicht geschlossen."

„Oh, ich denke schon. Ich glaube, es ist dir völlig egal, wie ich mich verändert habe. Du willst, dass ich dir alles gebe und du mir nichts im Gegenzug gibst." Sie schnaubte. „Was für ein Handel."

Er zuckte mit den Schultern. „Ich erlaube dir, bei deinem Sohn zu bleiben. Das ist doch das, was du willst, oder nicht?"

Sie funkelte ihn an. „Du weißt genau, was ich meine."

„Dann nehme ich an, du bist damit einverstanden, zu bleiben."

„Warum? Warum willst du das? Sag mir einfach, warum. Du hast doch selbst gesagt, dass du nicht glaubst, dass Mütter notwendig sind. Also warum willst du, dass ich bleibe? Warum willst du, dass wir heiraten?"

„Ich habe es dir gesagt. Es ist schicklich, es ist angemessen. Mehr gibt es dazu nicht zu sagen."

„Ich denke, es gibt einen. Ich denke, da steckt viel mehr dahinter. Du versuchst, mich irgendwie zu bestrafen, nicht wahr? Du glaubst, ich sei für den Tod deines Bruders verantwortlich. Du bestrafst mich dafür, dass ich ihn in jener Nacht vor so langer Zeit mit dir betrogen habe."

Er antwortete nicht sofort. Bestrafung? Vielleicht ein bisschen. Er beobachtete, wie ihre Gefühle sich in ihren eisblauen Augen widerspiegelten, und spürte das vertraute Verlangen, das er jedes Mal empfand, wenn er an sie dachte, von ihr träumte. Aber jetzt war sie hier, leibhaftig, und seine Gefühle waren zehnmal stärker. Sie musste die Wahrheit erfahren.

„Warum ich dich begehre? Es ist ganz einfach. Ich habe jeden Tag der letzten sechs Jahre damit verbracht, mir vorzustellen, wie ich dich liebe und mich an deine Augen zu erinnern, dein Mund, geöffnet, feucht, verlangend.

Deine Schenkel, wie sie sich an meiner Zunge, an meinen Fingern anfühlten."

Er hielt kurz inne, gebannt von ihrem schockierten Gesichtsausdruck, als er sie an die Erinnerung ihrer einen gemeinsamen Nacht zurückführte. Ihre Hand war mitten in der Bewegung erstarrt, die Kaffeetasse zu ihren Lippen zu führen: Lippen, wie er bemerkte, die sich leicht geöffnet hatten, als wären sie von seinen Worten verzaubert. Und ihr Blick hielt seinen fest mit Augen, die mehr violett als blau geworden waren durch die innere Hitze der Erregung, die er über ihre Haut schimmern sehen konnte.

Er lächelte in sich hinein. Er musste ihr einfach Zeit geben, damit ihr Verstand zuließ, was ihr Körper bereits wusste.

„Ich kann so nicht leben", fuhr er fort. „Ich habe Arbeit zu erledigen, ein Volk und ein Land zu regieren. Ich muss dich haben, um mich von dieser Besessenheit zu befreien."

Sie atmete tief durch, während sie die Kaffeetasse vorsichtig vor sich abstellte. „Und wie genau gedenkst du, mich zu haben? Du sagtest, es würde nicht mit Gewalt geschehen. Oder hast du deine Meinung in dieser Hinsicht geändert?"

„Du beleidigst mich. Ich würde niemals etwas so Ehrloses tun."

„Also lass uns das klarstellen. Du würdest praktisch meinen Sohn entführen und mich in eine Ehe erpressen. Und das ist nicht ehrlos?"

„Nein. Das ist ein Mittel zum Zweck. Dich mit Gewalt zu nehmen hätte keine positiven Vorteile, außer vorübergehenden. Du bist es", er sah ihr in die Augen, „die ich haben muss. Und es muss freiwillig geschehen, oder es wird wirkungslos sein."

„Zahir. Du bist wie ein verwöhnter Junge, der nur das will, was er nicht haben kann. Du denkst auch wie einer. Sobald du es bekommst, wirst du es nicht mehr wollen. Ich werde in eine Ecke des Palastes abgeschoben und vergessen."

„Du verstehst es vollkommen."

Sie schüttelte den Kopf. „Ich werde deine Spiele nicht mitspielen."

„Warum nicht? Komm zu mir. Lass uns diese gegenseitige Besessenheit ausleben", er hob die Hand, um sie zum Schweigen zu bringen. „Es *ist* gegenseitig. Und dann wird es vorbei sein."

Vorbei. Könnte sie es tun? Ihren Stolz und ihre Träume hinunterschlucken und seinen Wünschen nachgeben? Aber nicht nur *seinen* Wünschen, musste sie sich eingestehen. Ihr Verstand hatte verzweifelt versucht, ihre körperliche Reaktion auf Zahir zu kontrollieren, seit sie den Raum betreten hatte. Und zunächst war es ihr gelungen. Aber seine leidenschaftlichen Worte durchbrachen diese Kontrolle und füllten ihren Kopf mit nichts als der Erinnerung an die Hitze seines nackten Körpers an ihrem, an die rhythmischen Bewegungen seiner Hüften, als er immer wieder in sie eindrang und sie an einen Ort brachte, den sie nicht wieder zu besuchen wagte. Ohne Kontrolle wäre sie völlig seiner Gnade ausgeliefert.

„Ich kann sehen, dass dir der Gedanke gefällt."

Sie konnte spüren, wie ihre Wangen glühten.

„Ich werde es dir nicht so leicht machen."

„Leicht für *dich*, hätte ich gedacht. Schlaf mit mir,

dann, wenn die Besessenheit verflogen ist – vielleicht Monate, vielleicht Jahre – wird es vorbei sein. Du kannst tun, was immer du möchtest: hier bei Matta bleiben oder nicht. Du wirst wohlhabend sein und die Freiheit und Unabhängigkeit haben, die du angeblich zurückgelassen hast."

Also hatte er sie gehört. Und doch hatte er kein Zeichen gegeben oder ihre Worte von gestern Nacht anerkannt.

Seine leichtfertige Verwendung der Worte, die ihr so viel bedeuteten, machte sie wütend. Was wusste er schon davon, immer am Rande der Gesellschaft aufzuwachsen und hineinzublicken? Was wusste er davon, die ganze Nacht zu lernen, um die Bildung zu erlangen, von der sie wusste, dass sie der Schlüssel zur Unabhängigkeit war? Was wusste er davon, die eigenen Träume entgleiten zu lassen und sie auf ihren Sohn zu übertragen? Matta *würde* geliebt werden. Er würde Teil dieser Welt sein, die sie von Geburt an ausgeschlossen hatte, aufgrund *ihrer* Geburt.

„Ich werde meinen Teil der Abmachung einhalten. Ich werde dich heiraten und hier leben, aus einem einzigen Grund – um bei meinem Sohn zu sein. Aber ich werde nicht mit dir schlafen, Zahir."

Er zuckte mit den Schultern. „Ich bin Schlachten gewohnt, der Strategie, ich werde bekommen, was ich will. Es wird vielleicht etwas länger dauern. Aber die Vorfreude hat auch etwas für sich."

„Diese Schlacht wirst du nicht gewinnen."

„Ach, Anna, ich habe viele Schlachten geschlagen und keine verloren. Die Kenntnis des Gegners ist entscheidend."

Sie reichte die Tasse an Zahir zurück.

„Dann steht es nicht gut für dich, oder? Du kennst mich überhaupt nicht."

„Doch, das tue ich. Ich weiß, dass es einen Grund für dein äußerlich entgegenkommendes Verhalten gibt. Du trägst qawarische Gewänder, du nimmst ohne Kommentar an der alten Bedu-Kaffeezeremonie teil. Du tust dies *nicht*, weil es dir leichtfällt, weil es dir vertraut ist. Du tust es aus einem bestimmten Grund."

Und Anna hatte nicht vor, Zahir den wahren Grund zu nennen, warum sie Kleidung bevorzugte, die wie eine Uniform war, die sie verbarg und anonym machte.

„Ich habe keine Probleme damit, mich an andere Kulturen anzupassen. Ich bin zwischen Menschen aller Nationalitäten aufgewachsen. Man könnte sagen, ich hatte früh eine Ausbildung in Weltkultur und Küche."

Wenn man das Zusammensuchen von Essensresten an den Hintertüren verschiedener Restaurants in der Innenstadt von Pittsburgh – italienisch, spanisch, chinesisch, mexikanisch – als Ausbildung bezeichnen konnte, dann ja, ihre Geschmacksknospen waren durchaus ausgebildet. Ausgebildet darin, etwas für nichts zu bekommen, im Überleben.

„Ich weiß mehr über dich, als du denkst. Ich verstehe, dass deine Kindheit, sagen wir mal, *interessant* war."

„Ich weiß, was du sagen willst, Zahir. Sie verachten meinen Hintergrund und, weißt du was? Ich mache dir keinen Vorwurf, weil ich ihn selbst nicht besonders mochte. Aber ich habe versucht, etwas dagegen zu tun." Sie konnte nicht weitersprechen, ihre Stimme versagte und Tränen bedrohten die Maske, die sie über ihren Gefühlen zu halten versuchte.

„Und du bist gescheitert, nicht wahr. Hast geheiratet, wurdest schwanger und ließt dein eigenes schwaches Bedürfnis nach *Respekt* und *Liebe* dich daran hindern, dieser Welt zu entkommen. Siehst du, jeder Gegner hat eine Schwäche. Und ich kenne deine."

Er beobachtete sie genau, wartete darauf zu sehen, ob sie den Köder schlucken würde. Sie blickte kurz nach unten. „Denk, was du willst."

„Da, wieder, hältst du dich zurück. Du willst keinen Streit, du wartest ab, um zu beobachten." Er lächelte, als er die Wahrheit in ihrem Gesicht erkannte. „Das ist das Merkmal eines guten Taktikers."

„Das ist das Merkmal von jemandem, der keine anderen Möglichkeiten hat, als abzuwarten und herauszufinden, wie genau du mich zu verführen gedenkst. Ich bin sicher, wie bei allem anderen hast du auch das geplant."

„In der Tat."

„Was ist dann deine Strategie?"

„Ich habe viele Schlachten geschlagen und es lag noch nie in meinem Interesse, meine Strategien vor Beginn der Schlacht zu enthüllen."

„Schlacht." Sie wiederholte es nickend, ihre Lippen vor Zurückhaltung zusammengepresst. „Ich nehme an, in einer Schlacht ist dann alles erlaubt. Tricks, Verrat –"

„Und Geschick, vergiss das Geschick nicht."

Sie blickte schnell auf und begegnete seinem heißen Blick. Zweifellos war er geschickt. Sie erinnerte sich lebhaft an seine Fähigkeiten.

„Das ist für dich nur ein Spiel, oder? Hör zu, Zahir, ich bin nur aus einem Grund hier, und das ist Matta."

„Du musst den Tatsachen ins Auge sehen, Anna. Du

kannst dem Jungen wenig bieten. Er hat hier alles, was er braucht. Eine meiner Schwestern und ihre Kinder leben hier und werden ihm Gesellschaft leisten. Er wird die beste Bildung und Betreuung erhalten. Seine Amme, Muma Yemena, wird dafür sorgen, dass er-"

„*Er* hat einen Namen-"

„Gut versorgt sein wird."

„Sie ist seine Amme, nicht seine Mutter!"

„Sie war die Amme meines Bruders und dann Mattas. Und sie ist auch eine pflichtbewusste und loyale arabische Frau und wird Matta helfen, sich in seinem neuen Zuhause einzuleben."

„Ein Junge braucht seine Mutter. Eine pflichtbewusste und loyale arabische Frau reicht nicht. Du unterschätzt die Kraft der Mutterliebe."

„Nein." Er machte eine Pause. „Das tue ich nicht. Ich habe dafür gesorgt, dass er seine Mutter hat, oder etwa nicht?"

„Durch Erpressung, ja."

Zahir zuckte mit den Schultern. „Ihr seid beide hier, das ist was zählt. Komm" - Zahir stand auf - „ich bringe dich zu deinen Räumen zurück."

„Das ist nicht nötig. Ich bin sicher, du hast geschäftliche Verpflichtungen."

„Ich habe in den nächsten Wochen alles abgesagt, bis auf ein wichtiges Treffen heute Vormittag. Daran muss ich allein teilnehmen."

„Ein paar Wochen. Du denkst, das wird genug Zeit sein?"

„Um dich zu verführen? Natürlich."

Sie gingen schweigend durch uralte Gänge, gestützt von Bögen, die sich hoch zur Decke schwangen, ein

Bogen folgte dem anderen, bis sie im blassen Gold des Sandsteins verblassten.

Obwohl es für Anna wie eine fremde Welt erschien, konnte sie nicht anders, als davon beeindruckt zu sein. Sie spürte, wie sich eine innere Ruhe in ihr ausbreitete, als würden die Mauern selbst eine Kraft ausstrahlen, die sie von den Menschen aufgenommen hatten, die dort über unzählige Jahrhunderte gelebt, geliebt und gestorben waren. Irgendwie drang diese Kraft unter ihre Haut und beruhigte die frustrierende Mischung aus Wut und Erregung, die allein Zahirs Anwesenheit in ihr auslöste.

„Ich nehme an, Abduallah hat dir vom Palast erzählt?"

„Ein wenig. Er beschrieb seine Schönheit, aber ich hätte mir nie vorgestellt, dass es so sein würde."

„Es ist mehr als nur schön. Es ist ein Symbol meines Volkes, der Stärke, die in ihrer Kultur und Tradition liegt, der Bedeutung von Loyalität und Pflicht." Er blieb vor einer schweren, vergitterten Tür stehen und wandte sich ihr zu. „Solche Dinge sind auch heute noch wichtig, findest du nicht?"

Die Anschuldigungen und die eisige Kontrolle vom Vortag waren verschwunden. Stattdessen wirkte sein Ausdruck neugierig, als ob er wirklich an ihrer Antwort interessiert wäre.

„Das kommt auf die Kultur und Tradition an. Manche Menschen müssen aus ihren *Familientraditionen* ausbrechen und ihren eigenen Weg in der Welt finden." Sie zuckte mit den Schultern und versuchte, gleichgültig zu erscheinen, versuchte nicht an ihr eigenes verzweifeltes Bedürfnis zu denken, dem Abwärtstrend ihrer Familie zu entkommen. „Hier gibt es allerdings nicht viel Chance zum Entkommen."

„Im Palast geht es um Sicherheit, nicht ums Entkommen. Komm jetzt." Er öffnete die Tür zu einem exquisiten Hofgarten. Er war kleiner als die anderen, an denen sie vorbeigekommen waren, mit einem perfekt runden weißen Marmorbrunnen, umgeben von einer jasminbedeckten Pergola, duftenden Zitrusgewächsen und dezent gefärbten Wegen. Es war der Garten, zu dem ihr Schlafzimmer führte.

„Meine Räumlichkeiten liegen gegenüber von deinen."

Das hatte sie nicht gewusst.

Die intime Privatsphäre des Gartens und seine Nähe verunsicherten sie. Sie war sich der erdigen Noten seines Aftershaves sehr bewusst, die sich mit dem betörenden Jasmin vermischten.

Sie bewegte sich von ihm weg, zum Brunnen hin, verzweifelt bemüht, ihren Kopf von ihm zu befreien. Sie setzte sich auf den polierten, glänzenden Rand und tauchte beide Hände ins Wasser. Sie schöpfte das kristallklare Wasser in ihre Handflächen und führte es zu ihrem Gesicht. Sie hätte schwören können, dass es einen Duft hatte, nach etwas Süßem und Reinem. Sie ließ das Wasser durch ihre Finger rinnen.

„Quellwasser." Plötzlich war er neben ihr und beobachtete sie aufmerksam. Sie hielt ihre Augen auf das Wasser gerichtet, war sich aber jeder Bewegung, jeder Falte in seinem Gewand bewusst. „Es kommt tief aus den Bergen. Es ist seit Jahrhunderten die Lebenskraft des Palastes und seiner Gemeinschaft. *Ma-ush-shafa.*"

„Heilendes Wasser." Sie fuhr mit den Händen durchs Wasser und beobachtete, wie die Sonne darin funkelte, erinnerte sich an die Liebe ihres Mannes zur Poesie und zum Koran. Wenn Zahir der Kämpfer in der Familie war, so war ihr Mann Abduallah der Poet gewesen. Er pflegte ihr vorzulesen und offenbarte dabei seine Liebe zu dem Land, in das er nie zurückkehren konnte. Die Scham saß zu tief. Er konnte seiner Familie nicht gegenübertreten. Plötzlich wurde ihr bewusst, dass Zahir seit einigen Minuten geschwiegen hatte. Sie blickte auf.

Zahir hielt ihren Blick für einen langen, unergründlichen Moment, bevor er sich abrupt abwandte.

„Ich muss gehen. Ich habe geschäftliche Verpflichtungen. Du bleibst hier und wir werden später zu Abend essen-"

„Ich bin nicht einer deiner Diener, dem du Befehle erteilen kannst-"

„Und Matta ist hier. Verbring Zeit mit ihm, bis meine Geschäfte erledigt sind."

Sie sah sich erschrocken um - sie hatte Matta nicht kommen hören - und plötzlich lag er wieder in ihren Armen. Seine alte Amme und die jungen Cousins, die Kinder von Zahirs Schwester, warteten am Rand des Gartens auf die Erlaubnis einzutreten.

Als sie ihre Arme frei hatte und ihnen zuwinkte einzutreten, war Zahir bereits verschwunden.

Am späten Nachmittag schlief Matta und Anna war frei, die Korridore, Gärten und Räume des Palastes allein zu erkunden. Sie fand sich auf einer der oberen Ebenen wieder und blickte auf den Eingang des Palastes hinunter. Von hier aus musste Zahir sie am Tag zuvor bei ihrer Ankunft beobachtet haben. Es fühlte sich an wie Wochen. Jetzt war sie an der Reihe zuzusehen, wie Zahir sich förmlich von seinen Bedu-Gästen verabschiedete.

Sie waren ein furchterregender Anblick: Gürtel gefüllt mit Patronen, Gewehre so natürlich in ihren Händen gehalten wie Aktentaschen, schwer verzierte Silberdolche in ihre Gürtel gesteckt. Ihre weißen Gewänder leuchteten im grellen Sonnenlicht, ein starker Kontrast zu ihrer dunklen, wettergegerbten Haut. Trotz des Fehlens von Waffen sah Zahir mit seiner befehlenden Präsenz wie der perfekte Scheich aus. Bei solchen Gästen wusste sie, dass es zwingend notwendig war, dass er jederzeit als ein beeindruckender König erschien. Seine Würde durfte nicht beeinträchtigt werden.

Plötzlich hörte sie rennende Füße.

Mit einem aufkommenden Gefühl des Entsetzens legte sie ihre Hand an den Mund und wollte rufen, wollte Matta vor einer Zurückweisung bewahren, ihn vor Schaden schützen. Er hatte dort nichts zu suchen. Aber er war zu weit weg. Weder Zahir noch Matta konnten sie sehen oder hören.

Sie beobachtete, wie Matta von hinten auf Zahir zulief und sich an sein Bein klammerte, seine kleinen Hände gruben sich in die Falten seines Gewandes. Mit einer schnellen Bewegung hatte Zahir seinen Arm um Mattas kleinen Körper geschlungen und ihn hoch in die Luft geworfen.

Entsetzt sah Anna zu und wartete darauf, das Unvermeidliche zu sehen. Aber es kam nicht.

Mattas laute Freudenschreie hallten durch den Innenhof, während Zahir ihn immer wieder in die Luft warf und auffing, bevor er fallen konnte.

Die Gäste lachten und wandten sich zum Gehen.

Als das Adrenalin aus ihrem Körper wich, lehnte sie sich zur Unterstützung an die Wand. Ihr war übel und schwindelig. Sie beobachtete weiter, wie Zahir den Jungen hochhob, bis er auf seinen Schultern saß, wobei

Zahir beide Beine fest mit seinen Händen umschloss. Als sie sich zu den Gärten wandten, sah Anna Mattas breites Grinsen unter Augen, die hell in der Sonne leuchteten.

Als sie sie erreichte, stand Matta bereits wieder auf seinen Füßen und versuchte, seine jungen Cousins einzuholen. Sie ging neben Zahir her, als sie durch den hinteren Eingang des Palastes zu einem Plateau gingen, das die weiten Ebenen überblickte.

Sie streckte ihre Hand aus und legte sie leicht auf seinen Arm. Er blieb sofort stehen und wandte sich ihr erwartungsvoll zu.

„Zahir, ich lag falsch."

Er zog eine Augenbraue hoch. „Das bin ich mir sicher. Aber womit genau?"

Sie ignorierte sogar seinen Seitenhieb. „Mit Matta."

„Ah." Er nickte. Sie konnte sehen, dass er verstand.

„Du hattest Recht. Dies ist der richtige Ort für ihn. Er wird hier glücklich sein."

Er zögerte. Einen Moment lang fragte sie sich, ob er verstand, was es sie gekostet hatte, diese Worte zu sagen. Vielleicht. Vielleicht auch nicht. Sie würde es nie erfahren, denn er sprach nicht. Er nickte einfach langsam.

„Er *ist* hier glücklich. Schau."

Ihr Blick folgte seinem dorthin, wo die Jungen spielten, sicher innerhalb der Festungsmauern des Palastes, geschützt vor dem steilen Abhang darunter, seine Amme in der Nähe wachend.

Der späte Nachmittag wich einem Sonnenuntergang, der die umliegende Ebene in Feuer tauchte und Zahirs Gesicht wärmte. Sie ließ ihre Hand, die noch immer seinen Arm berührte, sinken und trat zurück.

„Ich muss jetzt gehen."

„Zieh dich fürs Abendessen um. Wir sind nicht immer so traditionell. Du kannst tragen, was du möchtest: traditionell oder westlich. Du hast genügend zur Auswahl. Ich werde Matta in Kürze hereinschicken."

Sie nickte. Sie konnte nicht einmal auf ihren Sohn warten. Es war, als hätte sich etwas in ihr verschoben, der Druck war weg. Die weiten Ebenen, ihr Sohn in Sicherheit, sie fühlte sich in einen Zustand gewiegt, den sie sich vierundzwanzig Stunden zuvor nicht hätte vorstellen können. Sie musste von Zahir wegkommen. Sie brauchte Zeit zum Nachdenken.

Zahir sah ihr nach und lächelte in sich hinein. Er war sich nicht sicher, was genau sie so beruhigt hatte. Vermutlich der Anblick des Jungen mit seinen Freunden und Verwandten. Was auch immer. Der erste Teil seines Plans war gut verlaufen: sie bezüglich des Kindes zu beruhigen.

Sie lag falsch. Er hatte ihre mütterlichen Instinkte nicht unterschätzt. Die erste Phase seines Verführungsplans basierte darauf. Und mit dieser Sorge verschwunden, würde sie wissen, dass es keinen anderen Ort für sie gab als hier. Jetzt musste sie nur noch erkennen, dass es keinen anderen Platz für sie gab als in seinem Bett. Und das würde sie. Sie würde bald sehen, dass es Schlimmeres gab, als die Frau und Geliebte von Scheich Zahir Al-Zaman von Qawaran zu sein.

∼

GEKLEIDET in eines der schönen Designerkleider, die nun ihren Kleiderschrank füllten, blickte Anna durch das östliche Fenster hinaus, wo sich eine Linie der Dunkelheit über die Ebenen schlich, als die feurige Sonne hinter den Bergen versank. Die Aussicht, so bezaubernd in ihrer Weite, so anders als die intime Schönheit des Hofgartens, zog sie stark an. Ihre Akzeptanz, dass Matta dort war, wo er sein musste, hatte ihren Preis. Die Leere, die sich in ihr aufgetan hatte, konnte nicht gefüllt werden. Ein Teil von ihr glaubte, dass das genug sei; dass das alles war, worauf sie hoffen konnte. Aber etwas tief in ihrem Inneren verlangte nach mehr. Sie schloss ihre Augen und spürte die weite, offene Fläche, als wäre sie ein lebendiges Wesen. Könnte sie hier ihre eigene Freiheit finden?

Der unheimliche Schrei eines Raubvogels hallte über die dunkler werdenden Ebenen und lenkte ihre Aufmerksamkeit zum blutroten Himmel. Sie beobachtete, wie der riesige Falke seine gelblich-schwarzen Federn ausbreitete und einen Moment schwebte, bevor er plötzlich nach unten stieß. Er flog an ihrem Fenster vorbei und landete auf der ausgestreckten, behandschuhten Hand eines Mannes.

Sie konnte das Gefieder des Vogels sehen, reich und strukturiert im letzten Licht der feurigen Sonne, konnte sehen, wie er seinen Hals vor Vergnügen streckte, als der Mann sanft über den Körper des Falken strich. Der Falke hörte auf, auf der behandschuhten Hand des Mannes hin und her zu laufen, beruhigte sich und senkte seinen Kopf in Unterwerfung.

Dann stieß der Vogel einen Ruf aus, rau und stark, als wäre es ein Schrei nach Freiheit, eine Bitte um Rückkehr in seinen vorherigen Zustand. Ein Schrei voller Sehnsucht nach dem, was er nicht mehr haben konnte. Aber er bewegte sich nicht von der Hand des Mannes. Der Mann mochte ihn fliegen lassen - ihm seine Freiheit geben, wann er wollte - aber sobald sein Arm ausgestreckt war, erwartete er Gehorsam; er erwartete die Rückkehr des Vogels.

Der Mann setzte die Haube des Falken auf und trat ins Blickfeld. Es war Zahir.

KAPITEL 3

Sie kam zu spät.

Zahirs Blick schweifte über den Tisch, an dem seine erweiterte Familie saß. Sie hatten bereits mit dem Festessen begonnen, das zu ihren Ehren stattfand. Über dem leisen Summen der Gespräche und dem Klirren von Besteck und Gläsern konnte Zahir spüren, dass die Atmosphäre unruhig geworden war.

Es war unerhört, dass ein Gast zu spät kam. Es war unverzeihlich. Aber diese Frau schien entweder keine Ahnung zu haben, wie man sich benimmt, oder sie tat absichtlich das Gegenteil von dem, was erwartet wurde.

Er gab ein Zeichen, sein Glas nachzufüllen, und konzentrierte sich lieber auf das subtile Flackern des Kerzenlichts auf dem hochpolierten Tisch, statt das Stirnrunzeln und verwirrten Blicke seiner Familie zu beobachten.

Seine Gefühle für Anna waren so zweideutig wie die wechselnden Lichtmuster auf dem dunklen Holz. Es bestand kein Zweifel daran, dass er sie als seine Frau und

Geliebte wollte, und das war seine Priorität. Aber ob er ihr verzeihen konnte, dass sie Abduallah betrogen hatte, indem sie mit ihm geschlafen hatte, und für die Lügen, die folgten, wusste er nicht. Ihr Verhalten war ihm ein Gräuel. Und noch immer gingen die Beleidigungen weiter. Hier und jetzt beleidigte sie nicht nur seine Familie, sondern auch ihre Tradition, ihre Kultur, ihre-

Seine Gedanken wurden unterbrochen, als das Licht, das auf dem dunkel gemaserten Holz spielte, plötzlich der Länge nach schimmerte. Die Flammen der Kerzen flackerten und verzerrten sich, als die Tür lautlos aufschwang. Erst als sie wieder gleichmäßig leuchteten, blickte Zahir auf. Anna stand gerade innerhalb des Raumes: groß, elegant und verloren. Jeder Zorn verflog, als er sein Verlangen nach ihr tief in seinem Inneren hart aufprallen spürte. Blut rauschte in seinen Ohren und löschte alles andere aus. Es gab nur noch sie.

Das Licht fing sich in den Kristallperlen ihres Kleides und warf einen silbernen Schein in ihre Augen, wodurch sie fast geisterhaft wirkten, genau wie er es sich vorgestellt hatte. Aber er hatte nicht mit dieser Wirkung auf ihn gerechnet. Das schmerzhafte Verlangen war immer noch da - würde es immer sein - aber er spürte ihre Verletzlichkeit, als er sie so unsicher dastehen sah. Und aus irgendeinem Grund tat es weh.

Er konnte seinen Blick nicht von ihr abwenden, während sie auf den Tisch zuging - das graue Seidenkleid bewegte sich verführerisch mit jedem Schwung ihrer Hüften.

Er erhob sich, um sie zu empfangen, alle anderen waren vergessen.

„Anna." Er nahm ihre Hand und zog sie zu sich. Erst

als er sah, wie sie den anderen zögerlich zulächelte, wandte er sich von ihr ab, plötzlich bewusst, dass seine Familie sie beobachtete. Verständlicherweise waren sie äußerst neugierig auf Abduallah's Witwe, von der sie so wenig wussten.

„Darf ich vorstellen, Anna. Anna, meine Familie."

„Es ist wunderschön, euch endlich kennenzulernen." Sie schenkte allen ein breites, umfassendes Lächeln, ihre Augen trafen einzelne Personen am Tisch in einer intuitiven Vertrautheit, die jeden Einzelnen glauben ließ, ihre Worte seien nur für sie bestimmt. „Und es tut mir so leid, dass ich zu spät bin. Matta war unruhig und wollte, dass ich länger als üblich bei ihm bleibe."

Alle Frauen nickten verständnisvoll und die Männer lächelten einfach bewundernd: jede Verärgerung und alle verbliebenen Zweifel an dieser geheimnisvollen Ausländerin verdampften wie Wasser unter der vollen Kraft der Wüstensonne. Es machte ihn wütend, diese Fähigkeit von ihr, Menschen mit einem Lächeln und ein paar Worten in ihrer verführerischen tiefen Stimme zu bezaubern.

Wie kam sie damit durch, fragte er sich, während er sie seinen Cousins, Tanten, Onkeln und seinen Schwestern vorstellte - Fatima, die mit ihren Kindern im Palast lebte, und Firyal, die aus Paris zu Besuch war? Er setzte Anna ihm gegenüber und beobachtete, wie sie seine Familie weiter bezauberte. Sie schien zu denken, sie könne tun, was sie wolle, und alles würde mit einer Zurschaustellung ihres Charmes vergeben werden. Er wandte sich abrupt seinem Onkel zu, unwillig, sich dem beunruhigenden Gedanken zu stellen, dass auch er nicht immun gegen ihren Charme war.

Anna wusste, dass sie es gründlich vermasselt hatte,

wusste, dass Zahir ihr einen solchen Verstoß gegen die Bedu-Tradition nicht verzeihen würde. Gastfreundschaft war zentral in seiner Kultur, und sie hatte sie gerade behandelt, als wäre sie unwichtig. Aber Matta war ihre Priorität. Sie tat, was sie immer tat, wenn sie mit Versagen konfrontiert wurde - setzte ein großes Lächeln auf und verhielt sich wie ihre Mutter, tat so, als wäre nichts passiert. Das Problem war, je größer sie auftrat, desto kleiner fühlte sie sich.

Sie spürte, wie ihr Lächeln um ihre Lippen zitterte, während sie verzweifelt versuchte, die Kraft zu finden, sich dem einschüchternden al-Zaman-Clan zu stellen.

Wollte Zahir sie absichtlich einschüchtern, indem er sie alle auf einmal vorstellte? Merkte er nicht, wie erschreckend es war, von Menschen umgeben zu sein, die ihre Familie bestenfalls für einen schlechten Einfluss auf ihren jüngeren Bruder Abduallah hielten und die ihr schlimmstenfalls die Schuld an seinem Tod gaben und die jetzt mit der Aussicht auf ihre Heirat mit ihrem älteren Bruder konfrontiert wurden?

„Anna, es ist so schön, dich endlich kennenzulernen." Fatima stand auf und küsste Annas Wangen. „Darf ich dich Anna nennen?"

Annas Lächeln entspannte sich erleichtert über die Wärme von Fatimas Begrüßung.

„Natürlich."

„Überhaupt nicht *natürlich*. Du bist jetzt meine ältere Schwester, obwohl du so viel jünger bist."

Anna hob überrascht die Augenbrauen.

„Aber du bist eine Westlerin, du kennst unsere Bräuche nicht. Hat mein Bruder - Abduallah, meine ich - dir nichts erklärt?"

„Ein wenig. Er hat nicht viel über sein Zuhause gesprochen, obwohl ich wusste, dass er es sehr vermisste."

„Und wir haben ihn vermisst. Wir wollten ihn sehr gerne zu Hause haben, aber Zahir konnte ihn nicht überreden zurückzukehren."

„Nein. Er..." Anna verstummte, instinktiv wollte sie mit Fatima über Abduallah sprechen, ihr all die Vergangenheit erzählen, die nur sie kannte und die sie unbedingt mit seiner Familie teilen wollte.

„Du musst nichts erklären. Zahir sagte, dass Abduallah nicht zurückkehren wollte, weil er glücklich war, wo er war." Fatima zuckte mit den Schultern. „Vielleicht, vielleicht auch nicht. Ich weiß nur, dass er nicht wie Zahir war und Zahir ihn nicht verstand. Aber," sie neigte sich vertraulich zu ihr „wir Frauen verstehen das. Und Matta? Ich war überrascht..." Ihre Stimme verlor sich.

Anna betrachtete sie vorsichtig und bemerkte die Neugier in Fatimas Augen. Also hatte zumindest ein Mitglied von Zahirs Haushalt einen Verdacht. Wahrscheinlich das einzige, nach der Art zu urteilen, wie sie die Menschen um sich herum beobachtete.

„Nun, es ist kompliziert..."

Fatima berührte sie am Arm. „Ich hatte mich schon gewundert und meine Zweifel sollen keine Respektlosigkeit ausdrücken. Es war einfach ein Gefühl, das ich bei Abduallah hatte, aber es war offensichtlich unbegründet. Ich sehe, dass Matta wirklich mein Neffe ist. Aber komm, genug davon, ich lasse mich von meiner Zunge davontragen." Fatima nippte nervös an ihrem Wasser, als ob ihr bewusst geworden wäre, dass sie zu weit gegangen war.

Anna legte ihre Hand auf Fatimas und drückte sie. „Ist schon gut. Ich bin nicht beleidigt. Ich schätze deine

Ehrlichkeit und ich verstehe deine Zweifel, aber du hast Recht, Matta *ist* wirklich dein Neffe."

„Ja, natürlich ist er das. Es tut mir leid, ich wollte nicht..."

„Vergiss es. Erzähl mir von dir. Warum bist du hierher zurückgekommen? Du hast doch in Riad gelebt, oder nicht?"

„Ja. Zehn Jahre lang, bis mein geliebter Mann starb, aber er hinterließ wenig Geld und drei Kinder. Zahir bestand darauf, dass ich nach Hause zurückkehre."

„Das scheint er ja öfter zu machen."

Fatima schaute überrascht ob ihrer angedeuteten Kritik.

„Weil er der Scheich ist, weil er seine Familie und sein Volk beschützt und umsorgt. Mein Leben war alles andere als einfach, und er hat sich immer um mich gekümmert, auch wenn aus der Ferne. Du bist in sicheren Händen."

Anna blickte in die sorgenerfüllten Augen und lächelte, berührt von der Direktheit dieser Frau, deren Traurigkeit durch eine fröhliche Natur ausgeglichen wurde, die sich sehr von der ihres älteren Bruders unterschied.

„Ich bin froh, dass du meine Schwester bist. Es ist gut, sich nicht allein zu fühlen."

Fatima wirkte schockiert. „Allein? Aber du hast doch deine Familie in den Vereinigten Staaten, du hattest Abduallah und jetzt hast du Zahir." Sie lachte. „Ich kann nicht glauben, dass du dich allein fühlst."

„Glaub mir", flüsterte Anna halblaut und wandte sich Fatima vollständig zu „meine Familie ist nicht so zahlreich wie deine, und auch nicht so eng verbunden. Und Zahir, nun, er ist ein vielbeschäftigter Mann."

„Für dich nicht." Fatima neigte ihren Kopf, um vertraulich mit Anna zu sprechen. „Ich habe ihn nie mit der Arbeit aufhören sehen – bis jetzt. Er war den Großteil seiner Jugend im Krieg. Und als dann Frieden kam, musste er sicherstellen, dass wir wieder wohlhabend wurden. So war es eben. Erst jetzt, mit dir, habe ich ihn je erlebt, dass er sich Zeit von seinen Geschäften nimmt."

„Ich vermute, er will sichergehen, dass ich nirgendwo hingehe."

„Und wohin solltest du gehen? Warum solltest du das wollen? Nein, er will dich. Sieh nur, wie er dich anschaut."

Anna blickte auf und begegnete Zahirs Blick. Seine dunklen Augen waren auf sie gerichtet, wachsam wie immer, aber sie hatten heute Abend eine andere Qualität. Sie versuchte wegzusehen, konnte es aber nicht. Vielleicht war es der Schein der Kerzen, der seinem Ausdruck diese verführerische Wärme verlieh. Oder vielleicht war es ihr eigenes Bedürfnis nach Bestätigung in dieser fremden Umgebung unter Fremden. Wie auch immer, sein Blick, obwohl immer noch hitzig, brannte heute nicht, sondern hüllte sie ein, umschloss sie und hielt sie wie die Wärme einer Wüstenbrise nach Sonnenuntergang.

Fatimas sanfte Berührung an ihrer Hand brach den Bann.

„Siehst du? Du musst nie wieder Einsamkeit fürchten."

Anna war schockiert von Fatimas Worten. Es war ihr Bedürfnis gewesen, die Verbindung zu ihrer Familie zu brechen, das sie zu Unabhängigkeit und Freiheit getrieben hatte. Aber jetzt wanden sich die Tentakel von Familie und

Beziehungen langsam wie aufdringliche Fesseln um sie und zogen sie näher an sich. Sie nippte an dem Eiswasser und genoss dessen kühlende Wirkung in ihrem Körper, während sie versuchte, die aufsteigende Panik zu beruhigen.

Gab es keinen Ausweg aus diesem Palast, der eine Festung war, gab es kein Entkommen aus dieser Familie, deren Gefühl von Loyalität und Pflicht sie zusammenhielt, gab es keine Möglichkeit, diesem Mann auszuweichen, der sie genauso zu sich rief wie seinen Falken, und Gefangenschaft forderte?

„Ich hoffe, du erlaubst mir, dir in der kommenden Woche zu helfen, in der Vorbereitung auf die Hochzeit.“

„Hochzeit“, wiederholte Anna leise und spürte, wie sich die eisernen Türen hinter ihr mit einem Knall schlossen. Ihr Gedanken wanderten zu der Art, wie der Falke vor Aufregung gezittert hatte bei Zahirs Berührung, als er seinen Befehl akzeptierte.

„Zahir hat natürlich alles organisiert, aber ich würde dir gerne persönlich bei den Vorbereitungen helfen, wenn ich darf? Du hast jetzt nur noch vier Tage.“

„Vier Tage?“

„Es tut mir leid, wusstest du das nicht?“ Fatima schaute besorgt zu Zahir hinüber. „Oh je. Er wird nicht erfreut sein, dass ich es dir gesagt habe.“

„Nun, gut, dass es überhaupt jemand getan hat.“

An der Art, wie Fatima Zahir ansah, konnte sie erkennen, dass Zahir es gewohnt war, dass seine Familie alles tat, was er sagte, jedem seiner Wünsche gehorchte, jede seiner Forderungen vorwegnahm. Kein Wunder, dass er dachte, er könnte dasselbe mit ihr machen. Nun, das war eine Tradition, auf die sie definitiv verzichten konnte.

„Ein Versehen, sicher. Aber es gibt keinen Grund zur

Sorge, alles wird rechtzeitig fertig sein. Zahir hat die Vorbereitungen vor einem Monat beginnen lassen. Reichlich Zeit, um alles zu arrangieren. Er ist so organisiert."

Organisiert war nicht das Wort, das Anna in den Sinn kam. Er hatte ihr erst gestern einen Antrag gemacht. Sie hatte erst gestern *ja* gesagt. Aber er hatte die Hochzeit schon vor Wochen organisiert. Er war sich so sicher gewesen.

„Zahir kontrolliert hier alles, oder?"

Fatima zuckte mit den Schultern. „Natürlich. Wie gesagt, er ist der Scheich. Also, morgen werde ich dir zur Hand gehen, wie es die Tradition verlangt."

„Und wir machen alles nach der Tradition?"

„Natürlich. Die Tradition gibt es aus gutem Grund – weil sie funktioniert." Sie lächelte verständnisvoll. „Du wirst dich bald an unsere Bräuche gewöhnen. Jeder macht die Dinge nach den Gepflogenheiten seines Landes."

Anna schüttelte den Kopf. „Ich nicht. Ich mache die Dinge auf meine Art."

Fatima schüttelte sanft den Kopf. „Nicht mehr, Anna. Jetzt ist es *unsere* Art. Kämpf nicht dagegen an. Es ist schließlich eine gute Tradition, der du folgst. Du heiratest den Bruder deines verstorbenen Mannes. Das ist gut. Es hilft, die Familienbande zu stärken. Ich wünschte nur, mein armer Mann hätte einen verfügbaren Bruder gehabt. Aber immerhin bin ich hier bei Zahir, bei meiner Familie. Und er ist ein guter Mann."

Ein guter Mann. Die Worte hallten in ihrem Kopf wider. Sie schienen so weit von der Wahrheit entfernt. Er war ein harter Mann, ein kontrollierender Mann – ein Krieger, der in einer zivilisierten Welt lebte. Er war ein magnetischer Mann. Aber gut?

Der Rest des Abends verfloss in einem Strom von Smalltalk und Höflichkeiten. All Annas Ängste vor Ablehnung und Misstrauen lösten sich angesichts des echten Interesses und der Wärme von Zahirs Familie in Luft auf. Als der Kaffee serviert wurde, stellte Anna zu ihrer Überraschung fest, dass sie den Abend tatsächlich genossen hatte. Während sie mehr über die Familie al-Zaman erfuhr, begann sie, ein wenig mehr über Abduallah – und Zahir – zu verstehen.

Plötzlich bemerkte Anna, dass eine Stille eingekehrt war. Sie blickte auf und sah, dass Zahir aufgestanden war und ihr gegenüberstand.

„Komm, Anna. Wir müssen gehen. Wir haben noch etwas zu erledigen."

„Jetzt?"

Er lächelte angespannt. „Ja, sonst hätte ich es nicht erwähnt."

Sie lächelte Fatima zu und folgte Zahir, nachdem sie sich von den anderen verabschiedet hatte, aus dem Raum in den Korridor, wo die Flammen großer Fackeln flackerten und Lichtstrahlen in die hohen Gewölbe warfen.

„Etwas zu erledigen? Was denn?"

„Das wirst du sehen. Es wird uns auch Zeit zum Reden geben."

„Bisher warst du ja nicht gerade übereifrig, mit mir zu reden."

„Du kannst wohl davon ausgehen, dass ich wütend bin."

„Und ich kann wohl davon ausgehen, dass du immer wütend bist."

„Nein. Nur wenn Menschen unverzeihlich unhöflich

sind. Du warst zu spät. Zu spät zu kommen ist unverzeihlich."

„Matta war übermüdet. Ich musste bei ihm bleiben, um ihn zu beruhigen."

„Dafür ist Muma Yemena da."

„Er wollte mich."

„Du hättest hier sein müssen. Um deine Pflicht zu erfüllen."

„Meine Pflicht gilt meinem Sohn."

„Dein Sohn muss härter werden. Du wirst jetzt meine Frau sein. Deine Pflichten sind vielfältig: Sie gelten vor allem der Familie, unserer Kultur, unseren Sitten, mir."

„Du musst mir verzeihen." Sie konnte nicht verhindern, dass sich ein sarkastischer Ton einschlich. „Meine Art ist anders als deine. Ich habe kein Pflichtgefühl gegenüber meiner Familie."

Er blieb stehen und öffnete eine Tür. „Nein. Natürlich nicht."

Anna betrat die Bibliothek, die vom Boden bis zur Decke mit Büchern gefüllt war. Über ihnen nutzte eine Zwischenebene die hohe Decke für eine weitere Reihe von Bücherregalen. Es roch nach alten Büchern, Leder und starkem Kaffee. Abgesehen von den Büchern wurde der Raum von einem großen Schreibtisch mit Lederauflage dominiert, vor dem Zahir einen Stuhl für Anna herauszog.

Sie setzte sich, wartete aber nicht darauf, dass er die Kontrolle übernahm.

„Ich verstehe, dass wir Ende dieser Woche heiraten werden."

„Ja."

„Wolltest du mir das überhaupt mitteilen?"

„Natürlich. Es ist kein Thema für belangloses Geplauder, auch wenn meine Schwester das offensichtlich anders sieht. Es ist ein Geschäft. Und deshalb wollte ich mich jetzt mit dir treffen. Um den Papierkram zu erledigen."

„Heirat gleich Papierkram. Interessant."

„Nicht ungewöhnlicher als deine eigene Heirat."

„Dabei habe ich wenigstens eine aktive Rolle gespielt."

„Hier. Du musst diese Dokumente unterschreiben."

„Was ist das?" Sie nahm sie weder entgegen noch versuchte sie, sie zu lesen.

„Ein Ehevertrag. Wenn du uns ohne meine Zustimmung innerhalb von fünf Jahren verlässt, bleibt Matta bei mir und du verwirkst das Geld, das ich dir schenken will."

„Und das ist traditionelle Beduinen-Kultur, ja?"

Seine Augen glitzerten. „Nein. In der traditionellen Beduinen-Kultur wird die Frau zum Eigentum des Mannes. Aber wir leben nicht mehr im finsteren Mittelalter-"

„Habe mich wohl getäuscht. Ich dachte, das wolltest du – mich besitzen, mit mir machen, was du willst." Ihr Atem wurde schneller.

„Ich habe kein Interesse an einer einseitigen Transaktion. Das würde mir keine Befriedigung verschaffen. Ich will dich willig und ich möchte dein Vergnügen genießen."

Eine Erinnerung blitzte in ihrem Kopf auf: seine Finger, die ihre Lippen berührten, während sie keuchend Luft holte, seine Augen, die ihr Gesicht aufmerksam beobachteten, als sie zum Höhepunkt kam, und wie er erst dann seinen eigenen intensiven Höhepunkt erreichte. Sie atmete scharf ein und zwang sich zur Konzentration.

„Transaktionen, Geschäfte. Darauf läuft es bei dir alles hinaus, nicht wahr?"

„Ja. Denk nie, es wäre etwas anderes."

„Würde ich nicht. Ich bezweifle, dass du auch nur einen Funken echtes Gefühl oder Zuneigung in dir hast."

Er betrachtete sie einen langen Moment kühl, bevor er fortfuhr. „Warum wehrst du dich dagegen, Anna? Hier, nimm die Papiere und unterschreibe."

„Ich werde sie erst lesen."

„Dann tu das." Er stand auf und ging zu einem kunstvoll geschnitzten Schrank. Darauf stand ein kleiner Ofen, der eine Kaffeekanne erhitzte. Daneben standen zwei kleine Tassen.

„Kaffee?"

„Nein danke."

Sie beugte sich über den Schreibtisch, stützte ihr Kinn mit einer Hand ab, während sie die Papiere las und versuchte, die Tatsache zu ignorieren, dass Zahir zwei Fuß von ihr entfernt stand und sie genau beobachtete.

Sie musste sich nicht besonders konzentrieren, die Papiere waren ihr so vertraut wie eine Tageszeitung. Selbst mit ihrem unvollendeten Jurastudium in Cornell wusste sie, dass er im Ehevertrag mehr als fair zu ihr war. Sie würde diese Ehe ohne Vermögen eingehen und, wenn sie sich nach fünf Jahren von ihm scheiden ließe, würde sie als extrem wohlhabende Frau gehen.

Aber Reichtum war ihr egal. Konnte sie ihr Leben verschreiben? Aber es ging ja nicht um *ihr* Leben, oder? Es ging um Matta. In den letzten vierundzwanzig Stunden hatte sie entdeckt, dass Matta zu Hause war. Dass dies der beste Ort für ihn war, um zu dem Mann heranzuwachsen, der er werden konnte. Sie hatte sich Sorgen um Zahirs strengen Einfluss gemacht. Aber selbst diese Sichtweise hatte sich geändert, seit sie Zahir in seiner eigenen Umgebung mit den Menschen um ihn herum gesehen hatte, die ihn schätzten, respektierten und bewunderten. Und wie er mit Matta umging.

Die Vision von Mattas freudigem Gesicht, als Zahir ihn hochgehoben und auf seine Schultern gesetzt hatte, würde sich für immer in ihr Gedächtnis einprägen, noch verstärkt durch die quälenden Ängste, die dem vorausgegangen waren.

Sie musste das Beste für ihren Sohn tun, und wenn das bedeutete, ihr Leben zu verschreiben, um ihn aufwachsen zu sehen, dann sei es so.

Sie unterschrieb und schob die Papiere von sich weg.

„Keine Fragen?"

„Ich kenne diese Dokumente, ich habe sie studiert, ich kenne die Auswirkungen. Ich habe ihnen im Geiste bereits zugestimmt. Da hast du es jetzt schwarz auf weiß." Sie erhob sich von ihrem Stuhl. „Wenn das alles ist, gehe ich ins Bett."

„Nein. Noch nicht ganz. Du hast den anderen Stapel Papiere noch nicht gelesen."

Sie schaute überrascht nach unten. Sie hatte angenommen, diese hätten nichts mit ihr zu tun. Sie hatte gedacht, das Einzige, was Zahir wollte, wäre der Ehevertrag. Und den hatte er bekommen.

Sie bewegte sich nicht, verengte aber ihre Augen und sah ihn misstrauisch an.

„Worum geht es dabei?"

„Lies sie und sieh selbst."

Sie schlug sie auf und las.

Mit weit aufgerissenen Augen starrte sie ihn einfach

an. Ihr Herz hämmerte und sie konnte die Hitze der Aufregung in ihrem Körper spüren. Ihre Hand zitterte, als sie sie wieder der Länge nach faltete und sich setzte, unfähig zu glauben, was sie gerade gelesen hatte, unfähig ein Wort zu sagen.

„Es tut mir leid. Ich dachte, das wäre etwas, das du wollen würdest."

Er hatte ihr Schweigen als Missfallen gedeutet. Aber sie konnte sich immer noch nicht trauen zu sprechen.

„Du möchtest dein Jurastudium nicht in Riad und Paris abschließen?" fuhr er fort.

„Natürlich will ich das." Sie hätte ihre Stimme nicht erkannt, wenn sie nicht ihren Atem an ihren Lippen gespürt hätte.

„Warum siehst du dann aus, als hätte ich dich gerade geschlagen?"

„Weil du das hast." Wie konnte sie ihre absolute Überraschung über sein Angebot, ihr Jurastudium abzuschließen, ausdrücken? Die Vorkehrungen, die er getroffen hatte, um sie nach Qarawan zu bringen, waren alle zu seinen Bedingungen gewesen, ebenso wie seine Wegnahme von Matta, sein Zorn auf sie, sein Verlangen nach ihr – alles war zu seinen Bedingungen gewesen. Und jetzt das.

Das war für sie.

„Um dein Gewissen zu beruhigen?"

„Ich habe nichts, was mein Gewissen beruhigen müsste. Ich habe das Beste für alle getan, indem ich dich und Matta hierhergeholt habe. So funktioniert unsere Gesellschaft. Ich musste alles tun, was nötig war, um euch beide nach Hause zu bringen."

„Und das ist es, was du willst?"

„Natürlich. Ich will dich. Das habe ich von Anfang an klargemacht. Aber ich möchte, dass du weißt, dass dein Leben hier nicht endet. Es geht weiter – mit mir. Es geht weiter – mit Matta. Es geht weiter – mit deinem Studium."

Sie blickte noch einmal auf die Papiere hinunter und wagte es nicht, ihm in die Augen zu sehen. Tränen drückten gegen ihre Lider. Sie schüttelte den Kopf. Er kam und stellte sich neben sie. Sie konnte seine Stärke wie eine Droge spüren. Alles, was sie tun musste, war, danach zu greifen und sie anzunehmen. Es würde sie wieder vollständig fühlen lassen. Etwas, das sie nicht mehr gefühlt hatte, seit sie das letzte Mal mit ihm geschlafen hatte. Sie wollte, dass er sie berührte. Sie wünschte sich verzweifelt, dass er sie berührte.

Aber er tat es nicht. Er war so nah, dass sie die Wärme seines Körpers spüren konnte. Sie konnte sehen, wie seine Hände sich bewegten, als ob er ihre Bewegungen kontrollieren müsste – seine Haut reich und warm und verlockend.

Ob er es wusste oder nicht, er hatte den einzigen Teil von ihr erreicht, der noch verletzlich war – die Hoffnungen und Träume, die ihr seit ihrer Kindheit eingeprägt waren. Er hatte diesen verletzlichen Teil erreicht und alle anderen Verteidigungen niedergerissen, die sie gegen einen direkten Angriff auf sich aufgebaut hatte. Sie hatte nie damit gerechnet, dass er so etwas tun würde.

„Nimm die Papiere. Sie enthalten alle Informationen, die du brauchst. Ich habe für dich ein Fernstudium arrangiert. Aber du wirst auch reisen müssen."

„Aber Matta?"

„Er kann dich begleiten, dich besuchen, wenn du

längere Zeit weg sein solltest. Aber es erscheint kaum sinnvoll, wenn du dich auf dein Studium konzentrieren willst. Er kann genauso gut hier bei seiner Familie sein."

Sie nickte und schaute wieder auf die Papiere hinunter.

„Du musst nicht sofort persönlich an der Universität erscheinen. Bis dahin wird sich Matta eingelebt haben."

„Er scheint sich jetzt schon ziemlich eingelebt zu haben."

„Natürlich."

„Und das verdanken wir dir. Du hast ihn willkommen geheißen, ihm das Gefühl gegeben, hier zu Hause zu sein. Danke."

„Er ist von meinem Blut. Dies wird immer sein Zuhause sein. Kein Grund, mir zu danken."

„Und danke für das hier. Es ist das erste Mal, dass, nun ja..."

Er berührte ihr Haar und sie schloss ihre Augen, als seine Fingerspitzen sanft durch die Länge ihres Haares glitten, wie ein Geschenk all dessen, was sie sich wünschen konnte.

„Du hast mir nicht zu danken. Du bist es, die die ganze Arbeit machen wird."

„Aber du hast an mich gedacht." Wie konnte sie ihm sagen, dass niemand zuvor ihren Durst nach Bildung, ihr Bedürfnis nach Unabhängigkeit, ihre Hoffnungen und Träume respektiert hatte.

Er nahm ihre Hand und führte sie an seine Lippen.

Er runzelte die Stirn. „Und das ist ungewöhnlich?"

„Du musst wissen, dass es das ist."

„Aber deine eigene Familie, Anna, sie mögen dysfunktional gewesen sein, aber sicher haben sie sich um dich gekümmert?"

„Möglich. Aber sie kümmerten sich mehr um ihre eigene Art der Flucht."

Er überlegte einen Moment. Runzelte die Stirn. „Du warst also stark, den Weg deiner Mutter und deines Bruders nicht zu wählen."

„Stark? Nein. Nur anders. Ihr Leben hat mir Angst gemacht. Und ich war gut in der Schule. Ich hatte Möglichkeiten."

„Jeder hat Möglichkeiten."

„Nein. *Sie* hatten keine."

Seine Hände streichelten sanft ihre Arme. Sie konnte seinen Atem auf ihrer Haut spüren; sie konnte Kaffee und den erdigen Duft seines Aftershaves riechen, eine Mischung aus Leder und Amber, die einen berauschenden Mix kreierte, der sie vor Sehnsucht schwindelig machte. Er beugte sich vor. Sie schloss ihre Augen, ihr Mund wurde weich in Erwartung des Drucks seiner Lippen auf ihren. Stattdessen spürte sie seine Lippen auf ihrer Stirn. Der Kuss war sanft und seine Lippen verweilten für einen langen Moment auf ihrem Gesicht, lang genug, dass sie sich mehr wünschte. Dann zog er sich zurück.

„Komm. Es ist Zeit fürs Bett."

Wie in einem Traum spürte sie, wie seine Hand sie sanft zu sich zog, als sie die Bibliothek verließen und zu ihren privaten Gemächern gingen. Mondlicht flutete die Korridore, warf seine Strahlen quer durch die Gänge und enthüllte eine sanfte Magie in dem imposanten Palast, eine verführerische Magie.

Sie gingen schweigend, bis sie den Hofgarten erreichten, der ihre Zimmer trennte. Das sanfte Geräusch des plätschernden Wassers im Brunnen durchbrach die schwere Stille der Nacht. Die weißen Blüten des Jasmins und der Orangenbäume erschienen fast leuchtend unter einem indigoblauen Himmel, der von der Helligkeit eines neuen Mondes und unzähligen Sternen erfüllt war. Anna hatte noch nie so viele gesehen. Es schien, als würde in der Dunkelheit der Wüste das Licht, egal welcher Art, heller scheinen. Sie blickte in seine Augen, deren eigene Dunkelheit nun von demselben silbernen Licht umrandet war.

„Ich kann nicht gekauft werden, Zahir."

„Ich habe nicht den Wunsch, dich zu kaufen. Ich wünsche mir, dich glücklich zu machen."

Sie sog scharf die Luft ein, wandte sich ab und betrat allein ihr Zimmer. Sie würde nicht vor ihm weinen.

KAPITEL 4

*D*urch das offene Fenster beobachtete Zahir, wie die Vorhänge von Annas Zimmer in der kühlen Nachtbrise über den Innenhof wehten.

Glücklich? Wollte er sie wirklich glücklich machen? Er wollte sie in seinem Haus haben, ja, er wollte sie in seinem Bett, ja. Aber glücklich?

Er bewegte sich abrupt weg und öffnete das westliche Fenster, das über die Hammada-Ebenen blickte, und atmete tief ein. Manchmal sehnte er sich nach den weiten Räumen und der Luft der Wüste, wo die einzigen Gebote die des Überlebens waren.

Damals war das Leben einfach gewesen.

Er drückte beide Hände an die Wand zu beiden Seiten des Fensters und schloss fest die Augen.

Aus welchem tiefen Instinkt waren diese Worte aufgetaucht? Er schüttelte den Kopf. Er wollte es nicht einmal wissen. Er weigerte sich, es zu wissen. Der einzige Grund, warum er sie glücklich machen wollte, war, weil er sie verführen wollte. Ganz einfach.

Er zog sich schnell aus und ging ins Bett, fest entschlossen, sich von den unkontrollierbaren Gedanken zu befreien, die ihn verfolgten. Er musste das Chaos beenden. Er zwang seinen Körper und Geist in das alte betäubende Muster, das es ihm ermöglicht hatte, nicht nur sich selbst, sondern auch andere zu kontrollieren, das ihn und seine Männer während zehn Jahren Wüstenkrieg am Leben erhalten hatte. Und das er jetzt mehr denn je brauchte.

~

Sie würde es ihm sagen müssen.

Sie bürstete ihr Haar kräftig, bis es im Morgenlicht glänzte, und hielt dann plötzlich inne, gefesselt von dem besorgten Blick in ihren Augen.

Aber wie sagt man einem Mann, dass das Kind, das er für seinen Neffen hält, in Wirklichkeit sein eigenes Kind ist?

Sie atmete tief durch und bürstete ihr Haar weiter.

Gott weiß es. Aber sie müsste einen Weg finden. Sie hatte vorgehabt, Zahir nie zu erzählen, dass Matta sein eigener Sohn war. Jahrelang hatte sie sich Sorgen gemacht, dass er ihr Matta wegnehmen würde. Aber jetzt war das Schlimmste passiert, und es stellte sich heraus, dass es nicht das Schlimmste war, was hätte passieren können. Vielleicht war es für Matta sogar das Beste.

Was auch immer sie sonst von Zahir halten mochte, er hatte ihrem Sohn ein Zuhause und eine Familie gegeben, wie sie es nie gekonnt hätte. Und nicht nur das, er hatte ihr das Geschenk gemacht, ihre Ausbildung abzuschließen: ein Geschenk, das sie sich in einer Million Jahren nicht hätte vorstellen können.

Er verdiente es zu wissen. Und er musste auch eine andere Tatsache wissen, der er sich offensichtlich nicht bewusst war – dass Matta nicht Abduallahs Sohn sein konnte, weil sie nie mit Abduallah geschlafen hatte, dass Abduallah kein Interesse an ihr in dieser Weise hatte, weil sie das falsche Geschlecht hatte.

Plötzlich spürte sie seine Anwesenheit. Sie drehte sich scharf um und sah ihn vor dem bereits hellen Sonnenlicht als Silhouette.

„Zahir! Hast du noch nie etwas vom Anklopfen gehört?"

„Die Türen waren offen. Ich dachte, du hättest sie geschlossen, wenn du Privatsphäre gewünscht hättest."

„Privatsphäre? Was ist das? Ich habe ein Kind, erinnerst du dich? Ich lasse meine Tür für ihn offen. Nicht dass es einen Unterschied machen würde, er würde sowieso hereinkommen."

„Deine westlichen Gewohnheiten sind mir sehr fremd. Wir werden Privatsphäre brauchen, wenn wir verheiratet sind."

Sie errötete, als ihre Gedanken seiner Andeutung folgten. „Wirklich?" Sie sah ihm fest in die Augen.

„Wenn wir uns lieben."

Seine Augen liebkosten sie so sicher, als würden seine Finger ihre Lippen berühren und seine Hände die Kurven ihres Körpers nachzeichnen. Sie holte tief Luft.

„Denk dran, das ist nicht Teil der Vereinbarung."

„Das muss es auch nicht sein." Seine Augen zeigten sowohl Beruhigung als auch Hitze: eine heikle Balance, die sie davon abhielt wegzulaufen, sie aber nicht davon abhielt, zu wollen. Sie schluckte.

„Dreh dich um, Anna."

Sie verengte ihre Augen, da sie ihm nicht traute. „Ich verspreche, dich nicht hier und jetzt aufs Bett zu legen und zu nehmen. Noch nicht." Sie konnte kaum das kleine Einatmen unterdrücken, das seine Worte hervorriefen. Sie konnte sich nicht bewegen. Stattdessen bewegte er sich hinter sie.

„Hey, was hast du vor?"

„Bleib still." Er hob sanft ihr Haar an und ließ eine kühle Kette um ihren Hals fallen. „Ich wollte dir diese als Entschuldigung geben."

„Du, dich entschuldigen?"

„Ich hätte dir von der Hochzeit erzählen sollen, bevor du es von meiner Schwester erfahren hast."

„Ja, hättest du. Aber es gibt so viele Dinge, die du hättest tun sollen, dass ich überrascht bin, dass du nur dieses eine gewählt hast, um dich zu entschuldigen."

„Es ist nur das, was ich bereue." Er beendete das Schließen der Kette. „Sie gehörte natürlich meiner Mutter, und jetzt gehört sie dir."

Sie berührte die klobigen Steine und hob sie hoch, um zu sehen, wie ein dicker Strang aus Smaragden und Diamanten Licht an die Wände und die Decke warf, als sie ihn in ihren Händen drehte.

„Mein Gott. Sie ist wunderschön." Sie sah ihm in die Augen. „Bist du sicher? Willst du wirklich, dass ich sie habe?"

„Wir werden heiraten, Anna. Sie sollte dir gehören. Ich möchte, dass du sie hast."

Sie war sich seines Brustkorbs, der so nah an ihrem

Rücken war, überdeutlich bewusst, sodass der Impuls, sich an seine Stärke anzulehnen, fast unwiderstehlich war. Aber sie widerstand. Sie konzentrierte sich auf die Kette im Spiegel und blickte dann unter gesenkten Wimpern zu ihm auf. Seine Augen leuchteten ebenfalls, vielleicht eine Reflexion der Kette.

„Danke. Sie ist wunderschön."

„*Du* bist wunderschön." Er runzelte leicht die Stirn und strich fast gedankenverloren eine dicke Haarsträhne von ihrer Kette weg, als wolle er die Kette besser bewundern. „Aber du musst dich beeilen. Fatima wird auf dich warten. Und ich werde für ein paar Tage weggehen, wie es die Tradition verlangt."

Sie seufzte. „Ja, ich weiß. Fatima hat es mir gesagt. Ich bin fast fertig."

Sie raffte ihre Haare zu einer französischen Rolle zusammen und versuchte, sie mit dem antiken Elfenbeinkamm festzustecken, den sie auf ihrer Frisierkommode gefunden hatte.

„Hier, lass mich dir helfen."

Mit einer geübten Drehung nahm er ihr Haar hoch und befestigte es mit dem Kamm.

„Wo hast du diesen Trick gelernt?"

„Der Kamm gehörte auch meiner Mutter. Ich habe ihr oft beim Zurechtmachen zugesehen, ihr manchmal geholfen."

„Deiner Mutter?" Sie drehte sich um und starrte ihn an. „Ich dachte, du erinnerst dich kaum an sie?"

Es folgte eine lange Stille. „Man erinnert sich an Momente, Bruchstücke von Erinnerungen." Er öffnete die Tür und trat zur Seite. „Fatima wird auf dich warten."

Sie gingen ein paar Momente schweigend den sonnendurchfluteten Korridor entlang, während Anna die Bilder verarbeitete, die durch ihren Kopf rasten: von einem Jungen, der seiner geliebten Mutter beim Haare machen so aufmerksam zusah, dass er zwei Jahrzehnte später dieselbe Drehung und das Feststecken nachahmen konnte, von einem Jungen, der sie verlor, als er noch viel zu jung war.

„Bitte, erzähl mir mehr von deiner Mutter. Abduallah hat nie von ihr gesprochen."

„Er war zu jung. Er hat sie nie kennengelernt und Mutter kannte ihn nicht."

„Sie hätte ihn gemocht, nicht nur geliebt."

„Natürlich. Das taten wir alle. Er hätte ein großartiges Leben gehabt, wenn er sich nur nicht mit negativen Einflüssen umgeben hätte."

Sie blieb abrupt am Eingang zur Bibliothek stehen. „Wir müssen reden. Du gibst mir die Schuld, aber du kennst nicht die ganze Geschichte."

„Ich kenne das Ende der Geschichte. Er starb. Das reicht."

„Nein, wirklich, es gibt einiges, das du wissen musst."

Er schüttelte den Kopf. „Nein. Es gibt einiges, das *du* wissen musst. Abduallah war nicht nur mein Bruder, er verkörperte alles, wofür ich kämpfte. In den Jahren, als ich halb verhungert in der Wüste war, mit Blut an meinen Händen und Blut in meinem Herzen, war es sein Bild, das ich in meinen Gedanken festhielt; es war das Einzige, das mich bei Verstand hielt. Alles, was ich tat, tat ich, damit *er* frei sein konnte, ein gutes Beduinenleben zu führen. Nichts konnte dieses Bild beschmutzen. Nichts. Also versuch es gar nicht erst."

„Ich würde, ich könnte sein Bild nicht beschmutzen. Aber er war ein Mann mit Problemen-"

„Sein einziges Problem war, dass er Qawaran verließ und Menschen traf, die ihn ausnutzten."

„Menschen wie mich, meinst du wohl."

Er schloss kurz die Augen und seufzte.

„Nein. Ich glaube nicht, dass du ihn ausgenutzt hast. Ich glaube, du hast dich aufrichtig um ihn gesorgt, aber es war der Einfluss anderer, der zu seinem Tod führte."

„Es tut mir leid. Aber-"

Er legte seine Hand auf ihre Lippen. „Anna, bitte, lass mir meine Erinnerungen an ihn."

Langsam nickte sie. Er nahm ihre Hand und küsste sie. Er wusste etwas – vielleicht nur wenig – aber er wusste genug, um zu wissen, dass er nicht mehr wissen wollte.

„Ich muss jetzt gehen, aber ich werde dich bei meiner Rückkehr sehen, am Abend vor der Zeremonie."

Sie spürte ein nervöses Flattern und er verengte seine Augen.

„Du weißt, was du bei der Zeremonie zu tun hast?"

Sie nickte. „Ich habe alles mit Fatima durchgesprochen. Es sind nur so viele Menschen hier, so viel wird von mir erwartet."

„Wenn du den Raum betrittst, sieh einfach nur mich an."

Sie lächelte. „Und das würde dir nur so gefallen, nicht wahr?"

Er lächelte ein geheimnisvolles Lächeln, drehte sich um und ging weg, seine weichen, lederbesohlten Schritte der einzige Laut in der hallenden Galerie.

Sie sah ihm nach und wurde sich zum ersten Mal bewusst, dass dieser starke Mann eine innere Verletzlichkeit hatte, die er sorgfältig in Stein gehüllt hatte. Er tat sein Bestes, damit nichts dorthin durchdrang. Wenn Abduallah Zahirs Hoffnung für die Zukunft verkörpert hatte, was würde es mit Zahir machen, wenn er wüsste, dass Abduallah schon lange bevor er Anna traf, kopfüber auf dem Weg zur Selbstzerstörung war? Was würde er tun, wenn er wüsste, dass genau die Traditionen, die Zahir so wichtig waren, Abduallah zerstört hatten? Als schwuler Mann – wenn auch ein zölibatärer – glaubte Abduallah, zu Recht oder zu Unrecht, dass er den Erwartungen seiner Familie und Kultur nie gerecht werden könnte, und er hasste sich dafür. Dieser Hass hatte an ihm genagt, bis er seinen Körper zerstören wollte, genauso sicher wie seine Seele zerfressen wurde. Und Anna hatte nichts tun können, um ihrem besten Freund zu helfen.

Nein, sie würde es Zahir nicht erzählen. Er würde sie weiterhin für ihre scheinbare Illoyalität gegenüber Abduallah und für die Lügen verachten, die sie erzählt hatte, um sein Geheimnis zu bewahren, aber sie konnte es ertragen, um Abduallahs willen und für die Erinnerungen an ihren Freund, die tief im Herzen seiner Familie ruhten.

VON IHREM AUSSICHTSPUNKT AUS, versteckt in einer Höhle, die von einer der vielen Quellen in den Sandsteinvorsprung hoch über dem Palast gegraben worden war, beobachtete Anna, wie Zahirs Konvoi aus Geländewagen über die Wüste zum Palast zurückkehrte.

Drei Tage und drei Nächte war Zahir abwesend gewesen, draußen in der Wüste bei seinem Volk. Aber jetzt kehrte er zurück. Mit plötzlicher Klarheit wurde ihr bewusst, dass sie ihn vermisst hatte. Er war so stark, dass sie sich an ihn klammern wollte; er war innerlich so verletzlich, dass sie für ihn kämpfen wollte; er war so ärgerlich, dass sie ihn anschreien wollte. Er war alles Widersprüchliche, und sie hatte ihn vermisst.

Sie wollte ihn unbedingt sehen, wusste aber, dass es unwahrscheinlich war. Er würde beschäftigt sein. Sie schloss die Augen und erinnerte sich daran, wie er sie ansah, mit der Hitze und Intensität, an die sie sich gewöhnt hatte. Anfangs war es zu heftig gewesen. Aber es war sanfter geworden, wurde ihr klar, genauso wie ihre eigene Verbitterung verblasst war. Die Hitze war noch da, aber alle zerstörerischen Emotionen waren verschwunden.

Sie nahm die Kette aus ihrer Tasche und hielt sie gegen das Licht, das sich in Regenbogen teilte, als es durch die facettenreichen Steine fiel. Sie schloss ihre Augen. Aber selbst dann, als sie ihre Augen schloss, ihr Herz gegen solches Licht verschloss, konnte sie nicht verhindern, dass es eindrang. Welchen Sinn hatte es dann noch, es zu leugnen?

Zahir blieb an der Schwelle der Höhle stehen und blickte auf Anna hinab. Ihre Lippen waren zu einem schwachen Lächeln gebogen, als würde sie von etwas Wundervollem träumen. Ihr Gesicht war leicht gerötet, die zarte Streuung von Sommersprossen über ihrem Nasenrücken ließ sie lächerlich jung aussehen. Sie sah gut aus, besser als bei ihrer Ankunft. Das gute Essen und die Ruhe hatten ihr gutgetan. Er beobachtete, wie ihre Augenlider leicht zuckten und sich öffneten.

„Wovon hast du geträumt? Du sahst so friedlich aus."

„Denkst du, ich träume von dir, Zahir?", neckte sie ihn sanft.

„Nein. Ich möchte keinen solchen Frieden inspirieren."

Sie lachte. „Das tust du auch nicht. Glaub mir." Sie lächelte zu ihm hoch. „Komm, leg dich hier hin und ich erzähle dir, wovon ich geträumt habe."

Er zog seine Augenbrauen hoch, fand sich aber zu seiner eigenen Überraschung auf der Seite liegend wieder, ihr zugewandt.

„So gehorsam." Ein Lächeln spielte um ihre Lippen.

„Nur weil es mir erlaubt, dich genauer zu beobachten."

„Schließ deine Augen."

„Das werde ich nicht tun."

Sie seufzte. „Na gut, dann hör einfach zu. Was hörst du?"

„Wasser."

„Genau. Ich habe von Regen geträumt. Nicht von dem donnernden, sondern von richtig sanftem, zartem Regen. Die Art von Regen, die kaum stärker als Nebel ist, aber in hartgepackte Erde eindringen kann. Von dieser Art Regen habe ich geträumt."

„Wir haben hier auch Regen."

„Ja, klar. Wann denn?"

„Bald. Der Regen wird bald kommen. Und dann wirst du Wunder geschehen sehen."

Sie waren nur einen Fuß voneinander entfernt, aber keiner kam näher.

„Wunder. Gibt es die? Ich glaube nicht."

„Dann weißt du sehr wenig. Wunder geschehen, wenn du deine Augen öffnest und siehst."

Der Humor wich aus ihrem Gesicht, als sie in seinen Augen forschte. „Meine Augen sind jetzt offen."

„Und was siehst du?“

„Dich.“

„Und bin ich kein Wunder?“

Sie hob eine Augenbraue. „Auf gewisse Weise ja. Es ist ein Wunder, dass ein einziger Mensch so viel Einbildung in sich tragen kann.“

„Nein.“ Sein Ausdruck blieb ernst. „Ich meine es ernst, Anna. Du hast ein Wunder an mir vollbracht. Ohne dass ich weiß wie, hast du mir meinen Zorn genommen. *Das ist ein Wunder.*“

„Und was hat deinen Zorn ersetzt?“

Er streckte seine Hand aus und berührte sanft ihre Wange mit der Spitze seines Zeigefingers.

Anna schloss unwillkürlich ihre Augen bei seiner Berührung. Es war die kleinste Berührung, aber sie hatte die Kraft eines Streichholzes, das ihre Haut und ihren Körper in Flammen setzte.

Sie presste ihre Augen fester zu, als sein Finger wie ein Flüstern ihre Wange entlangfuhr, die Linie ihres Wangenknochens nachzeichnete und unter ihr Ohr wanderte, bevor seine Fingerrücken sanft unter ihrem Kiefer entlangstrichen. Die Zeit schien sich verlangsamt zu haben, sodass ihr Geist und Körper jede winzige Bewegung auf ihrer Haut registrieren konnten. Physisch war es so sanft wie ein Hauch warmen Windes auf warmer Haut: keine Kontraste, kaum Berührung. Aber sinnlich war seine Berührung wie die Liebkosung von Feuer auf Eis, das sich zu lange gefroren gehalten hatte.

Erst als sie die Wärme seiner Berührung nicht mehr spürte, konnte sie genug Kontrolle über ihre Gefühle gewinnen, um ihre Augen zu öffnen. Sie wollte nicht, dass er sah, was sie fühlte. Noch nicht.

Was sie sah, als sie ihre Augen öffnete, war eine unerwartete Zärtlichkeit in diesen von wunderschönen Wimpern umrahmten dunklen, dunklen Augen.

„Sag mir Anna, warum lässt du mich nicht mit dir schlafen?"

Sie antwortete nicht sofort. Antworten formten sich in ihrem Kopf: helle, schnelle, oberflächliche, die immer Teil ihrer Maske gewesen waren, und scharfe, defensive, zu denen sie gegriffen hatte, wenn sie spürte, dass ihre Maske rutschte. Aber keine davon konnte ihr jetzt helfen. Nur die Wahrheit.

„Du weißt warum."

Er schüttelte den Kopf. „Nein. Sag es mir."

„Du hast mein Leben zur Hölle gemacht seit Abduallahs Tod."

„Das war damals. Das ist jetzt. Ich glaube, ich habe aufgehört, dein Leben zur Hölle zu machen."

„Weil du hast, was du willst."

Er nickte. „Das stimmt. Also sag mir, hasst du mich noch?"

Sie runzelte die Stirn. „Du hast meinen Sohn ohne meine Erlaubnis genommen, du hast mich zur Heirat erpresst. Was denkst du?"

„Ich weiß es nicht. Deshalb frage ich. Ich hoffe, dass du jetzt verstehst, warum ich diese Dinge getan habe. Hasst du mich noch?"

Wie könnte sie, wenn sie in seine Augen sah? Nein, sie fühlte keinen Hass, nur Verlangen. Aber sie konnte es noch nicht sagen, konnte nicht zugeben, dass alles eintraf, was er vorhergesagt hatte.

„Ich, ich kann jetzt nicht darüber nachdenken."

Sie bewegte sich weg, verzweifelt bemüht, Abstand

zwischen sie zu bringen - physisch und emotional. Er stand zuerst auf und zog sie neben sich hoch.

„Wann dann?"

„Ist es nicht genug, dass ich dich heirate? Morgen werde ich deinen Leuten wie eine Trophäe vorgeführt und darauf freue ich mich nicht gerade."

„Wenn es dich tröstet, das meiste ist für unser Volk. Wir haben die Hauptrolle, aber nur für kurze Zeit. Der Rest der Zeit ist für sie."

Sie nickte und blickte über die Ebene.

Er streckte sich und nahm ihre Hand. Sein Daumen strich über ihren Handrücken.

„Ich will dich hassen." Ihre Stimme war leise. Sie zog ihre Hand nicht weg.

„Aber du tust es nicht."

Sie schüttelte den Kopf.

„Was hat sich also geändert?"

„Du. Dich zu verstehen."

„Gut. Komm her."

„Nein. Ich treffe jetzt Matta, er hat einen Tanz geübt, den er und seine Cousins auf der Hochzeit aufführen werden." Sie versuchte unbeholfen, sich loszumachen. „Ich muss gehen. Jetzt."

Er lächelte und hielt ihre Hand weiter fest; sein Griff war sanft aber bestimmt.

„Matta fügt sich sehr gut ein." Zahir drehte ihre Hand in seiner und studierte sie mit einer Wertschätzung, die Schauer durch ihren ganzen Körper sandte. „Seine Sprache, sein Verhalten, man würde nie vermuten, dass er nicht in Qarawan geboren wurde."

„Er hat sich gut gemacht. Ich bin so stolz."

„Du hast ihn gut erzogen. Du hast ihm das Fundament

gegeben, auf dem er in eine Kultur hineinwachsen konnte, die ihm fremd erschienen sein muss."

„Ich habe ihm Liebe gegeben, das war alles, was ich tun konnte."

„Das war offensichtlich genug."

Sie schloss ihre Augen, als seine Hand ihren Handrücken in einer flüchtigen Liebkosung streifte, die Schauer der Erregung ihren Arm hinunterlaufen ließ.

„Zahir, ich muss gehen." Aber sie machte keine Anstalten zu gehen, gefesselt von seinem Gesichtsausdruck.

Langsam zog er sie zu sich und küsste sie auf die Lippen. Es war so sanft wie seine Berührung und genauso erschütternd. Sein Kuss war in keiner Weise fordernd. Seine Lippen streiften ihre, bevor sie sich sanft öffneten und ihre liebkosten. Es war anders als jeder Kuss, den sie je erlebt hatte. Ihr ganzes Wesen konzentrierte sich auf diese eine Berührung. Und ihr ganzes Wesen war am Boden zerstört, als sich die Berührung zurückzog.

„Geh jetzt, sieh nach meinem Neffen."

Anna trat zurück, als ob seine Worte sie weggestoßen hätten. Er warb um sie, und es funktionierte. Aber alles basierte auf einer Unwahrheit – eine, mit der sie nicht weiterleben konnte.

KAPITEL 5

Fatima trat zurück und musterte Annas Spiegelbild kritisch. „Nein. Wir brauchen mehr Foundation. Anna! Ihr Amerikaner seid so blass!"

„Genug!", rief Anna, legte ihre Hände ans Gesicht und erhob sich von dem Stuhl, um den sich die Frauen versammelt hatten. Sie konnte es nicht mehr ertragen. Drei Stunden Herumgefummel und sie sah aus wie eine orangefarbene Barbiepuppe.

Fatima tauschte Blicke mit den anderen und schickte sie aus dem Raum.

„Was ist los, Anna?"

Anna starrte ihr Spiegelbild an. „Schau mich an. Ich sehe nicht mal mehr wie ich selbst aus." Sie nahm einen Wattepad und begann, das dicke Make-up von ihrem Gesicht zu wischen.

„Es ist Tradition, es ist-"

„Alles ist Tradition. Ich hab die Nase voll von euren Traditionen. Fatima! Das bin nicht ich. Es tut mir leid, ich weiß, du hast dir solche Mühe gegeben, aber ich kann nicht mehr."

Jetzt war es an Fatima, wütend zu werden. „Dann hättest du das früher sagen sollen, anstatt wie eine gefrorene Schaufensterpuppe dazusitzen."

„Ich weiß. Es tut mir leid, es tut mir leid, es tut mir leid."

„Es dreimal zu sagen macht es auch nicht besser."

Anna sah in Fatimas Augen, die sich im Spiegel spiegelten, und erkannte, dass sie sie wirklich verletzt hatte. Sie tastete hinter sich nach ihrer Hand. „Ich bin doch deine kleine Schwester, oder? Und manchmal können kleine Schwestern ziemlich dumm sein."

„Du bist meine große Schwester, vergiss das nicht. Was nach deiner Logik bedeutet, dass ich die Dumme bin." Fatima drückte Annas Hand. „Jetzt sag mir, worum es hier wirklich geht." Fatima zog sich einen Stuhl neben Anna heran.

Anna stützte ihre Ellbogen auf den Schminktisch vor dem Spiegel und rieb sich mit den Handballen die Augen, wodurch sie das schwarze Make-up um ihre Augen verschmierte.

„Ich muss dauernd an Abduallah denken."

„Ah." Fatima setzte sich, als wäre damit alles erklärt. „Abduallah. Er war so ein lustiger Junge, immer zu Streichen aufgelegt und so schön."

Annas Blick senkte sich. „Am Ende war er nicht mehr so schön." Sie wollte fortfahren, bis sie Fatimas verletztes Stirnrunzeln sah. „Hör zu, es tut mir leid. Du hast Recht. Ich bin albern. Vielleicht brauche ich einfach einen Moment für mich."

Fatima nickte, ihre Gedanken offensichtlich noch bei

Annas Worten. „Du hast fünf Minuten und dann kommen wir zurück."

Anna lächelte. „Nur fünf Minuten und dann verspreche ich, brav zu sein, aber keine Foundation."

Fatima zuckte mit den Schultern. „Wenn du an deinem Hochzeitstag so blass wie eine Lilie aussehen willst, ist das deine Sache."

Anna nickte. „Genau das ist es."

Fatimas Lächeln war anders als das der meisten Menschen, dachte Anna. Es begann in den Augen und breitete sich über ihre runden Wangen aus, bis sich zuletzt ihre Lippen kräuselten. Es war wie Zahirs Lächeln, nur dass Zahirs Lächeln in seinen Augen blieb und nirgendwo anders hinging. Er hatte zu lange ein ausdrucksloses Gesicht zur Schau getragen, um das süße Lippenkräuseln zuzulassen, das Fatima zeigte.

Als sich die Tür leise schloss, ließ sich Anna auf den kühlen Boden gleiten und lehnte sich an die Wand. Sie schloss die Augen und ließ die Erinnerungen zu, die sich nicht verdrängen ließen, die nicht gehorchen wollten, ihren Verstand überfluten.

Erinnerungen an Abduallah, an das letzte Mal, als sie ihn gesehen hatte, wie er in einen Stupor verfallen war, aus dem er nicht mehr geweckt werden konnte. Wenn Fatima meinte, sie sähe blass aus, dann hätte sie Abduallah nicht wiedererkannt. Seine Haut hatte eine graue, pergamentartige Farbe angenommen und war trocken in seinen Schädel eingesunken. Sie konnte sich nicht einmal mehr an seine Augen erinnern, weil er sie ihr gegenüber immer geschlossen hielt. Verschlossen vor dem Leben.

Sie zwang sich, sich an den echten Abduallah zu erinnern, den sie auf einer Party kennengelernt hatte, so charmant und freundlich, so gutaussehend und, wie sie damals dachte, so ehrlich. Erst nach der kurzen standesamtlichen Trauung hatte er ihr die Wahrheit gesagt – dass er Anna brauchte, um seiner Familie zu zeigen, dass er heterosexuell war. Außer, dass er es nicht war.

Sie hatte schnell die Scheidung eingereicht, aber ihre Zuneigung zu ihm war nicht verblasst, und sie willigte ein, eine gemeinsame Front zu zeigen, als sie seinen Bruder kennenlernten. Und später, als Abduallah das Baby gesehen hatte, hatte er nie gefragt, wer der Vater war – obwohl sie vermutete, dass er es wusste – und er war begeistert gewesen, hatte den Jungen vergöttert.

Aber nicht genug, um die langsame Abwärtsspirale zu stoppen. Sie hatte versucht, ihn zu retten, ihm zu sagen, er solle nicht aufgeben, dass es ein Leben für ihn gäbe. Aber das Bild seiner unerbittlichen Welt war tief in ihm verwurzelt, und er gab auf.

Und das war das Bild, das sie jetzt vor sich sah: sein Gesicht, von Drogen und Verzweiflung gezeichnet. Und es war eines, das sie seiner Familie nicht mitteilen konnte.

Sie hatte Fatima nicht bemerkt, bis sie ihre leichte Berührung an ihrer Schulter spürte.

„Weine nicht, Anna. Es wird alles gut. Abduallah würde nicht wollen, dass du unglücklich bist."

Anna hob zitternd ihre Hand zu ihren Augen und versuchte, ihre Trauer vor Fatima zu verbergen. Sie hatte sie so lange versteckt, fest in sich verschlossen, damit Matta es nicht sehen würde, damit niemand es sehen würde. Aber Fatima zog Annas Hand herunter. „Versteck dich nicht vor mir, Anna. Deine Trauer ist meine Trauer. Wir sind Familie."

Aber aus irgendeinem Grund brachte das Anna nur

noch mehr zum Weinen. Fatima kniete sich vor Anna hin, zog sie an sich und ließ Anna an ihrer Schulter schluchzen.

Nach ein paar Minuten, als das Schluchzen nachgelassen hatte, schob Fatima Anna von sich weg und betrachtete sie kritisch. Sie zog sie hoch und setzte sie vor den Spiegel.

Anna lächelte Fatima wässrig an.

„Danke."

„Das solltest du auch", scherzte Fatima, als sie die Tür für die anderen öffnete. „Meine Damen", seufzte sie schwer und theatralisch. „Ich fürchte, wir müssen von vorne anfangen."

ANNA WAR SCHON FRÜHER in der Palastmoschee gewesen, aber noch nie, wenn sie voller Menschen in ihren extravagantesten Kleidern und Juwelen war, noch nie, wenn alle Aufmerksamkeit auf eine Person gerichtet war: sie.

Sie blickte nach oben, über die Menschen und die waldartige Komplexität der Säulen hinweg, und richtete ihren Blick auf die Vielzahl kunstvoll verzierter Lampen und Kerzen, unter denen der Raum in unstetem Licht zu schimmern schien.

Unter dem leichten Schutz des hauchdünnen Spitzenschleiers suchte Anna nach Zahir und fand ihn. Seine Augen waren, wie die aller anderen, auf sie gerichtet, genau wie er es vorausgesagt hatte. Die Menschenmenge schien unter dem flimmernden Licht zu verblassen, und es gab nur noch sie und Zahir, nur einen Weg - ein Effekt, der durch das in den Steinboden eingelegte Fischgrätmuster, das sie zu ihm führte, noch verstärkt wurde.

In diesem Moment wurde ihr die Schwere der langen, verzierten Schleppe bewusst, die hinter ihr herfiel; die Steifheit des kristallbesetzten Mieders, das unter den wechselnden Lichtern funkelte, und das Leuchten und Schimmern des hellgrauen Satins und Spitzenschleiers.

Langsam verblasste das Gemurmel der Hunderten von Menschen in der Moschee und die emporsteigende Musik in ihren Ohren. Sie konzentrierte sich einfach auf ihn, kommunizierte fast über den offenen Raum hinweg mit ihm. Das war der einzige Weg, wie sie das durchstehen würde. Auch er trug exquisite Gewänder, seine Augen waren heller als sie sie je gesehen hatte, ein Lächeln umspielte sanft seine Lippen. Fast, dachte sie, als ob er glücklich wäre.

Er nahm ihre Hand, als sie ihn erreichte, und sie setzten sich Seite an Seite auf kunstvoll vergoldete Stühle.

„Du siehst wunderschön aus", flüsterte er ihr ins Ohr. Aber es war der Druck seiner Hand, aus dem sie den meisten Trost schöpfte. Sie atmete tief durch und ließ die Welt wieder herein.

Er hielt weiterhin ihre Hand, während er sich zu den versammelten Menschen wandte und nickte. Ein einfaches Nicken, dachte Anna, reichte aus, um die Zeremonie zu beginnen. Eine Person nach der anderen kam zu ihnen mit Geschenken und Reden, huldigte ihrem Scheich und feierte mit ihm seine lang erwartete Hochzeit. Trotz Zahirs Versicherungen fühlte sie sich wie eine Betrügerin. Keiner dieser Menschen wusste, dass die Ehe eine Farce war und enden würde, sobald Zahir genug von ihr hatte.

Die Moschee verfiel in respektvolles Schweigen, als

der Imam seine Rede hielt. Anna konnte nur wenig davon verstehen, wusste aber, dass es um Ehre ging und dass er Zahir aufforderte, seinen Worten Gehör zu schenken. Zahir neigte würdevoll den Kopf zur Zustimmung. Der Imam wandte sich Anna zu und übergab, stellvertretend für den Vater, den sie nie kennengelernt hatte, ihre Hand an Zahir. Zwei ältere Beduinen unterzeichneten den Ehevertrag, und erst als die Menge gemeinsam jubelte, wusste Anna, dass sie verheiratet war - zum zweiten Mal.

Es war eine Farce. Das war alles, woran sie denken konnte, während Glückwunschrufe durch die Luft hallten. Das Ganze war eine Farce. Sie war hier, solange bis Zahir ihrer überdrüssig wurde. Und das war die Wahrheit.

Sie spürte, wie etwas aus ihr herausströmte.

Zahir neigte seinen Kopf und flüsterte in ihr Ohr.

„Bleib stark, Anna. Wir sind jetzt verheiratet. Wir haben nur noch einen Empfang und dann bist du frei."

Sie schloss kurz die Augen angesichts der Ironie seiner Worte.

Er bot ihr seine Hand an. „Komm."

Die Zeit des Zögerns war vorbei und sie nahm seine Hand. Er führte sie durch die Moschee, die Menschenmenge folgte ihnen in einer Prozession zum Empfangsraum. Hier saßen sie erneut auf zwei erhöhten Stühlen, wie Könige, was sie, wie ihr bewusst wurde, jetzt auch war.

Eine Zeremonie ging in die nächste über. Die Toasts, das Wechseln der Ringe vom rechten zum linken Zeigefinger, die Reden, die Tänze, die Huldigungen; sie lächelte durch alles hindurch und erinnerte sich an Abduallah. Er hätte hier sein sollen und wäre es auch gewesen, wenn er nicht geglaubt hätte, dass genau die Kultur, die er so sehr liebte, ihn ablehnen würde, wenn sie die Wahrheit über ihn wüsste. Sie konnte nicht anders als zu glauben, dass er sich irrte und dass eine so warmherzige und lebendige Kultur mit einem Ruf für Gastfreundschaft und Güte alle Menschen einschließen und willkommen heißen würde - besonders einen ihrer verletzlichsten Menschen, besonders Abduallah.

Es war spät am Abend, als Zahir sich zu ihr beugte und laut über die Musik hinweg sprach.

„Wir können jetzt gehen. Das wird erwartet."

Er erhob sich und alle hielten inne in ihrem Tun und verbeugten sich.

Zahir hatte sie den ganzen Tag beobachtet und wusste, dass sich hinter der höflichen, lächelnden Fassade etwas verbarg. Er konnte es in ihren Augen sehen. Aber er sagte nichts. Dafür war später Zeit.

Zahir nahm ihre Hand und führte sie fort, die Musik der Saiteninstrumente folgte ihnen unheimlich durch die flackernden Korridore zu seinen Gemächern.

Sie zögerte kurz, bevor sie den Raum betrat. Er spürte ihre Unsicherheit, ihr Unbehagen.

Er folgte ihrem Blick, als sie seinen Raum musterte, und versuchte, ihn durch ihre Augen zu sehen. Sie war noch nie hier gewesen. Er war größer als ihr eigener und, wenn auch nicht so luxuriös ausgestattet, ebenso sinnlich mit den reich gewebten Teppichen auf dem Steinboden, den seidenen Vorhängen, die im warmen Wind zitterten, und dem zarten Duft von Jasmin, der die Luft erfüllte.

Sich jeder Nuance ihrer Stimmung und Emotion bewusst, hörte er, wie sie den Stress der Hochzeit ausatmete, und in einem schnellen Blick zeigte sich, dass sie das öffentliche Image abgelegt hatte, das sie den ganzen Tag gezeigt hatte. Dies war die Anna, die nur er kannte: sensibel, verletzlich und warmherzig. Aber sie war auch müde. Seine Finger strichen unwillkürlich über die dunklen Schatten unter ihren Augen. Er wollte sie küssen, sie halten, mit ihr schlafen, aber er konnte nicht. Sie war noch nicht bereit.

„Du siehst sehr müde aus. Dein Gesicht ist angespannt."

„Kein Wunder. Ich fühle mich, als hätte ich seit acht Stunden die Rolle meines Lebens gespielt."

„Sag nicht, du bist das Schauspielern nicht gewohnt. Ich habe gesehen, wie du eine Rolle annimmst, wie du eine Rolle spielst. Beim Abendessen in jener ersten Nacht."

„Manchmal ist es notwendig zu täuschen", sie zuckte mit den Schultern „mich zu verstecken."

„Nicht mehr. Täusche nicht mehr bei mir, Anna. Komm." Er berührte ihr Gesicht, schloss die Augen bei der Seidigkeit ihrer Haut und ließ seinen Finger zu ihrer Kieferlinie wandern, wo er sie bis zu ihrem Ohr nachzeichnete. Sie war wahrhaft exquisit. Er seufzte und führte sie zu einem Sitz.

Er setzte sich ihr gegenüber, um ihre Schönheit zu bewundern.

„Warum keine Täuschung mehr, Zahir? Spiele ich nicht immer noch? Tu nicht so, als wäre dies eine echte Ehe, denn das ist sie nicht. Das hast du immer sehr deutlich gemacht."

„Ich möchte, dass sie so echt wie möglich ist. Der Imam sprach von der Notwendigkeit, einander zu ehren, und daran glaube ich. Das werde ich tun. Aber für Ehre brauchen wir Wahrheit."

Anna seufzte. „Die Wahrheit. Ich möchte dir die Wahrheit sagen, aber ich glaube nicht, dass du zuhören willst."

„Lächerlich, natürlich will ich das."

„Über Abduallah?"

Er rutschte auf seinem Sitz hin und her, wischte ein imaginäres Staubkorn weg. „Abduallah? Ich kenne die Wahrheit über Abduallah. Er war mein Bruder."

„Zahir, du warst die meiste Zeit weg, als er aufwuchs."

Er stand abrupt auf und ging zum Fenster, das auf die Ebene hinausblickte. Er suchte Trost in der dunklen Leere, die sie umgab, genau wie er als Kriegsjunge gelernt hatte, Kraft aus der Wüste zu schöpfen. Langsam drehte er sich zu ihr um. „Anna, er war mein Bruder und ich kannte ihn. Er verkörperte alles Gute in meiner Familie, in meinem Volk - voller Leben und Charme."

„Zum Ende hin war er das nicht mehr. Ja, er war charmant. Er hatte ein gütiges und sanftes Herz, aber es war keines, das mit der Welt im Reinen war."

Er umklammerte den runden Stein der Mauer, die das Fenster umgab. „Nein", schüttelte er den Kopf. „Du irrst dich."

Sie musste sich irren. Er spürte ihre Hand auf seiner Schulter, zunächst zögerlich, als wäre sie unsicher, ob sie das tun sollte. Aber dann packte sie ihn mit einer Dringlichkeit, einer Zielstrebigkeit, die ihm klar machte, dass sie an ihre Worte glaubte und versuchte, ihn zu überzeugen. Er drehte sich nicht um. Sie musste sich irren.

„Ich glaube nicht, dass ich mich irre, Zahir. Es tut mir leid, aber es gab zwei Abduallahs - den lachenden, charmanten, warmherzigen und lustigen - und den-"

„Nein!"

„Und den, der seinen Weg in der Welt nicht finden konnte."

Jetzt drehte er sich zu ihr um, seine eigene Hand umschloss die ihre und hielt sie fest an seinen Körper gedrückt.

Er kannte Abduallah. Anna nicht.

„Erzähl mir nicht von ihm. Erzähl mir von dir und ihm. Erzähl mir, warum du ihn geheiratet hast." Er stand auf und nahm ihre Hand. „Komm mit nach draußen und erzähl es mir."

Die dunkle Nacht war genau das, was er nach so viel Licht und Lärm brauchte. Der Frieden der Wüste. Es gab keinen Mond jetzt, nichts, was die Brillanz der Sterne über ihnen hätte dämpfen können. Er setzte sich neben sie und zog sie an sich, hielt sie in seinen Armen. Sie seufzte leise.

„Abduallah. Nun, er war so anders als die anderen Jungs, die ich beim Aufwachsen kannte."

„Das glaube ich. Aber nicht jeder sucht etwas anderes. War das, was du kanntest, so schlecht?"

Sie nickte und schloss die Augen. „Stell dir vor, Pittsburgh, Winter, ich war vierzehn und trug die Kleidung meiner Mutter bei einem Date." Sie lachte halb. „Ich hatte keine Ahnung, wie ich aussah, aber mein Freund schon. Ich tat so, als würde ich lachen, als würde ich verstehen, als er mich zu den Eisenbahngleisen brachte. Erst als er mich zu Boden stieß, begann ich, Angst zu bekommen. Es war kalt, der Boden war gefroren und mit scharfen Steinen bedeckt. Zuerst dachte ich, er würde nur spielen." Sie schüttelte verzweifelt den Kopf und ihre Verzweiflung übertrug sich auf seinen eigenen Körper.

„Gott, ich verstand nicht einmal genug, um zu wissen,

dass er mich vergewaltigte, als er mich zum Sex zwang. Ich glaubte ihm, als er sagte, ich hätte ihn angemacht; ich glaubte ihm, als er sagte, ich solle es niemandem erzählen, weil niemand dem Wort einer billigen Schlampe glauben würde. Aber ich glaubte ihm nicht, als er sagte, ich hätte keine Zukunft."

Sie zitterte. „Es war so kalt", fuhr sie fort. Er folgte ihrem Blick hinauf in den indigoblauen Wüstenhimmel, wo die Sterne mit einer Intensität leuchteten, die sie wirbeln ließ. „In Pittsburgh gab es in dieser Nacht keine Sterne. Die Stadtlichter verdeckten sie wohl. Oder vielleicht konnte ich sie einfach nicht sehen. Ich musste sie mir vorstellen, während ich festgenagelt dalag und in den schwarzen Himmel starrte."

Er stöhnte und kniff die Augen fest zu. Ihm wurde klar, dass sie ihre Geschichte wahrscheinlich noch nie jemandem erzählt hatte. Er konnte es an der Art erkennen, wie ihre Worte in einem leisen Strom herauskamen, als hätte sie die Flut des Schmerzes zu lange zurückgehalten. Wenn sie durch das Erzählen Heilung gefunden hatte - und er hoffte, dass sie das hatte - dann hatte er das Gegenteil erlebt. Noch nie hatte er solche Wut und solchen Schmerz gespürt und war unfähig gewesen, etwas dagegen zu tun. Er spürte den Schmerz körperlich in seinem ganzen Leib. Seine Hände schmerzten, als er sie an sich zog und sie sanft in Armen hielt, die sich steif vor Zurückhaltung anfühlten.

„Und dann?"

„Ich hörte auf jeden Fall auf, mir die Kleidung meiner Mutter zu leihen, mied Jungs, vermied es überhaupt aufzufallen und lernte einfach hart. Ich lernte, im Hintergrund zu verschwinden."

„Die Uniform aus Jeans und T-Shirt, die Uniform der Beduinengewänder", schlug er vor.

„Ja."

„Und du hast ein Stipendium für Cornell bekommen, wo du Abduallah getroffen hast."

„Abduallah versuchte nicht, seine Hand unter meinen Rock zu schieben, er hörte mir zu und ich verliebte mich."

„Du hast ihn also *wirklich* geliebt?"

„Als er mich fragte, ob ich ihn heiraten wolle, sagte ich ja. Ich hatte mir nie vorgestellt, dass ich jemanden so Fürsorglichen finden würde. Und dann, nach unserer Heirat, lernte ich ihn besser kennen, lernte ihn zu verstehen und mir wurde klar, dass ich ihn wie einen Bruder liebte. Er war mein bester Freund." Sie hielt plötzlich inne.

Er runzelte die Stirn. „Wie einen Bruder? Aber-"

„Ja, Zahir?"

„Aber das war viel später? Deine Liebe veränderte sich?"

Er versuchte die Antwort in ihren Augen zu finden, aber sie schaute weg, als wäre sie sich nicht sicher, wie sie antworten sollte. Er wollte, dass sie nicht untreu gewesen war, aber die Teile passten nicht zusammen.

„Ja, meine Liebe veränderte sich. Als ich dich kennenlernte, waren wir einfach nur beste Freunde."

Er fühlte sich erleichtert, aber immer noch wohnte ein Schatten des Zweifels in seinem Hinterkopf - ein Schatten, den er ohne weiteres Nachdenken verbannte. In seinem Leben war kein Platz für Zweifel.

„Ich wollte dich von dem Moment an, als ich dich zum ersten Mal sah, wie du mich angeschaut hast." Seine Stimme war rau vor erinnerter Lust.

„Ich dachte, ich würde dich wiedererkennen, dachte, ich hätte dich schon woanders gesehen, aber vielleicht war es die Ähnlichkeit mit Abduallah. Vielleicht auch nicht...“

Er drehte sie in seinen Armen, bis sie zu ihm aufblickte. Das Vertrauen in ihrem Gesicht ließ seine Wut schmelzen und zerstreute den Schmerz, den er bei ihrer Geschichte empfunden hatte. Er neigte seinen Kopf, weil er sich körperlich mit der Frau verbinden musste, zu der er sich hingezogen fühlte wie ein Verdurstender zum Wasser. So war es seit ihrer ersten Begegnung gewesen. Aber er konnte sie nicht sofort küssen. Er war nah, so nah, dass er die Wärme ihres Atems an seinen Lippen spüren konnte, so nah, dass nichts zwischen ihnen war außer der Kommunikation zwischen ihren Augen. Er konnte sie nicht küssen, weil er wissen wollte, dass es etwas war, das sie wollte. Der Imam musste ihm nicht sagen, dass er sie ehren sollte, denn das tat er bereits.

Sie neigte ihren Kopf zur Seite, als verstünde sie die unausgesprochene Frage, und nickte einmal, eine kaum wahrnehmbare Bewegung, die laut in ihm widerhallte. Aber noch immer fühlte er, dass er sich nicht bewegen konnte, den Zauber ihrer Gegenwart nicht brechen konnte. Es waren *ihre* Lippen, die seine fanden in einer Verschmelzung von Wärme und Sanftheit und Verständnis. Der Kuss war wie nichts zuvor: noch nicht voller der Leidenschaft, die unter der Oberfläche schwelte, und noch nicht der Lust ihrer Körper hingegeben, aber erfüllt von mehr Tiefe der Gefühle, als er je erlebt hatte.

Er dauerte etwa eine Minute. Aber er fühlte, als hätte sich der sichere Boden, auf dem er sein Leben aufgebaut hatte, verschoben und nichts würde mehr so sein wie zuvor. Er zog sich zurück und war erleichtert, als sie zu den Sternen aufblickte. Er folgte ihrem Blick und bemerkte entfernt, dass das Licht der Sterne sich weiter in alle Richtungen erstreckte als zuvor, verlängert durch den Schleier, der seine Augen bedeckte.

Er zog sie noch einmal an sich, seinen Arm beschützend um sie gelegt, wissend, dass er sie nie würde gehen lassen können.

„Es tut mir so leid, Anna, wegen der Vergangenheit. Ich wünschte, ich hätte dich damals gekannt und hätte dich beschützen können. Niemand hätte den Schmerz deiner Kindheit durchmachen sollen."

Sie lächelte in seine Augen. „Zahir. Du kannst nicht jeden beschützen. Du selbst hattest eine Kindheit voller Gefahr und Härte."

„Es war meine Pflicht und mein Geschenk an mein Volk."

„Du warst um Gottes willen ein Kind."

Er schüttelte den Kopf. „Du wirst es nie verstehen."

„Da irrst du dich. Ich verstehe es sehr wohl. Ich verstehe unsere Unterschiede – und unsere Gemeinsamkeiten – und das ist in Ordnung."

„Komm, lass uns zu Bett gehen."

Anna lag im großen Bett und wartete. Sie hätte in ihr eigenes Zimmer gehen können. Aber sie hatte dieser Ehe zugestimmt, und sie war noch nie den Konsequenzen ihrer Entscheidungen aus dem Weg gegangen. Also lag sie da und lauschte Zahirs Bewegungen im Nebenzimmer. Nur das Sternenlicht erhellte die Dunkelheit. Sie beobachtete, wie sein Schatten neben ihr ins Bett glitt. Sie lagen schweigend da.

Sie streckte die Hand aus und berührte seine Hand.

Seine Hand schloss sich um ihre mit einer Sehnsucht, die sie jetzt nicht erwidern konnte. Sie wusste, es würde nur ein Zeichen von ihr brauchen, eine Liebkosung, eine Bewegung, ein Wort, ein Signal. Aber sie konnte es nicht tun. Warum? Sie schloss die Augen und sah Abduallah vor sich, so klar in ihren Gedanken. Der Tag endete, wie er begonnen hatte, mit der Person, die zwischen ihnen stand.

Zahir glaubte nicht, dass sie viel von ihrer Sprache verstand, aber sie konnte genug. Und sie verstand wahrscheinlich sogar besser als Zahir die Bedeutung der Worte des Imams. Ehre war Mangelware gewesen, als sie aufwuchs. Und in ihrer Zukunft – was auch immer sie mit Zahir bringen mochte – war sie entschlossen, ihr Leben nicht auf einer Lüge aufzubauen. Zahir würde die Wahrheit über Abduallah, über Matta und sie selbst erfahren, oder ihre Ehe hätte keine Zukunft.

Sie lag noch lange wach, viel länger als Zahir, dessen Atem bald in den Rhythmus des Schlafes überging. Sie wollte ihn so sehr, aber sie konnte nicht alles Geschehene wegwünschen, egal wie sehr sie es sich auch wünschte.

Sie schaute aus dem Fenster und erhaschte bei jedem Flattern und Wehen des Vorhangs einen Blick auf den weiten Himmel. Sie wollte die Sterne sehen. Aber Wolken hatten begonnen, über den Wüstenhimmel zu ziehen, und was als klare Nacht begonnen hatte, war nun bedeckt und hinterließ nichts als Dunkelheit.

KAPITEL 6

Die Woche verging wie im Flug, gefüllt mit Lächeln, Tanzen, Essen und Trinken mit Menschen, die Anna nicht kannte und von denen sie bezweifelte, dass sie sie je wiedersehen würde. Aber die Familie schien zufrieden. Fatima war in ihrem Element, strahlte über das ganze Gesicht und übernahm die Führung, wenn Anna sich entweder zu unbeholfen oder zu desinteressiert zeigte.

Es waren die Nächte, für die Anna lebte. Die Stille der Wüste begann, ihr zu gefallen. So anders als in New York, wo sie nach ihrer Scheidung ein Haus mit Abduallah geteilt hatte. New York mit seinem Straßenlärm - Menschen, Verkehr, ständiger Stress - war eine andere Welt. Hier gab es Zeit zum Nachdenken, Zeit zum Fühlen. Und es waren die Nächte, die sie sich für diese Momente aufsparte. Sie lag Nacht für Nacht dieser ersten Woche neben Zahir, und noch immer machte er keine Anstalten, sich ihr zu nähern.

Langsam erschien Abdullahs eindringliches Gesicht

seltener in ihren Träumen, während die heilende Kraft der Tränen und Gespräche ihre Magie entfaltete. Aber noch immer fühlte sie sich außerstande, die körperliche und emotionale Kluft zwischen ihr und Zahir zu überbrücken, weil das Gefühl, gefangen zu sein, nicht frei sein zu können, nicht ganz sie selbst sein zu können - was auch immer das sein mochte - stark blieb.

Am Ende der Woche hatte sich Anna daran gewöhnt, mit Zahir einzuschlafen und allein aufzuwachen. Aber dieser Morgen war anders. Sie lag einen Moment da und überlegte, was anders war, was das rhythmische Geräusch war, das sie nicht einordnen konnte. Sie schaute auf die Uhr. Es war spät - 7 Uhr, viel später als ihre üblichen 5 Uhr - und noch dunkel. Kein grelles Sonnenlicht drang in den Raum, keine schrillen, fremdartigen Morgenrufe der Wüstenvögel, die sie daran erinnerten, dass sie nicht in New York war.

Sie schaute sich um, aber eine schwere Stille herrschte. Nicht einmal unterbrochen von einem Geräusch aus anderen Teilen des Palastes.

Sie stand auf und ging zum Fenster. Ein dichter Nebel umhüllte den Palast und den Berg, wob sein Geheimnis um die festen Oberflächen, als wolle er sie für seine Magie beanspruchen. Zerfetzte Nebelschwaden trieben über den Hofgarten, getragen von einem kühlen Wind. Anna fröstelte und griff nach Zahirs Morgenmantel.

Den Mantel fest um sich gezogen, ging sie in den Innenhof. Das Pflaster war rutschig und feucht unter ihren Füßen. Die Äste hingen schwer vom Wasser und streiften ihr Gesicht, als sie unter ihnen hindurchging. Das Wasser aus dem Brunnen schien jetzt unter dem wässrigen Himmel weniger wichtig. Sie lehnte sich gegen die Bank zurück und genoss die Kühle des frischen Wassers, das von den tiefen Wolken auf ihren Körper sickerte, und ließ die Feuchtigkeit sie liebkosen, als wäre es ein feuchtes, kühles Handtuch an einem heißen Tag.

„Sag bloß, dir gefällt dieses Wetter?"

Erschrocken öffnete sie die Augen. Sie hatte Zahir nicht in den Innenhof kommen hören.

„In den Staaten nicht, aber hier ist es anders." Sie schloss kurz die Augen und atmete die duftende, feuchte Luft ein. „Ich wusste gar nicht, dass ihr richtiges Wetter habt. Ich dachte, ihr hättet nur Sonne."

Er lächelte. „Ja, wir haben Wetter. Wie sonst hätten meine Vorfahren ohne Wasser überleben können?"

„Ihr habt doch die Quelle."

„Die war gut für die Vorfahren meines Vaters, denen dieser Palast gehörte. Aber meine Mutter und ihre Familie waren Nomaden, die von dem wenigen überlebten, was Allah ihnen durch diese Wolken gewährte."

„Was kann denn ein kurzer Schauer schon bewirken?"

Er lächelte. „Das werde ich dir zeigen. Es wird Zeit, dass du etwas von meinem Land siehst. Fatima hat Pläne für Matta und seine Cousins für die nächsten Tage, also werden wir nicht vermisst werden."

Es war erst am Nachmittag, als sie aufbrachen, nur sie beide in seinem Geländewagen. Ihr Gesicht war vor Aufregung gerötet, während sie den Horizont absuchte. Wonach, das wusste er nicht. Er bezweifelte, dass sie es selbst wusste. Ihr Durst nach Freiheit war etwas, das er nicht stillen konnte. Denn das würde bedeuten, sie gehen zu lassen, und dazu war er nicht bereit. Aber er würde ihr einen Vorgeschmack davon geben.

„Wie weit fahren wir?"

„Nicht weit. Es wird nur ein paar Stunden dauern.“

„Und du sagst mir nicht wohin?“

„Nein. Es ist eine Überraschung.“

Ihr Grinsen war so erfrischend für seine Seele wie der Regen für das Land und erfüllte ihn mit Hoffnung.

Sie neigte ihren Kopf so kokett, wie es das Ruckeln des Autos auf dem holprigen Gelände zuließ. „Ich liebe Überraschungen.“

„Gut.“

Bald bogen sie von der Hauptpiste auf einen kleineren, ausgefahrenen Weg ab, der in Richtung der Berge führte. Er konnte die Veränderung der Luft bereits auf seiner Haut spüren und entspannte sich wie schon lange nicht mehr. Er hatte Jahre damit verbracht, in diesen Bergen zu kampieren, sich zu verstecken, sich auf Angriffe gegen die Menschen vorzubereiten, die sein Land und all seine Reichtümer begehrten. Orte, die seit biblischen Zeiten vor der Außenwelt verborgen waren, kannten er und sein Volk und hatten sie verborgen gehalten. Es war ihre Geschichte, ihr Land, ihr Schatz.

Sie begannen, sich den Berg hinaufzuwinden, entlang eines Wadis, in dem jetzt ein schnell fließender Fluss verlief. An einer Stelle, wo sich der Fluss zu einem kleinen Tal öffnete, hielt Zahir den Wagen an und sie sprangen beide heraus. Das normalerweise trockene Tal war mit dem frischen Grün neuen Wachstums überzogen.

Er konnte nicht anders als zu lächeln, als er Annas ungläubigen Gesichtsausdruck sah, während sie sich umsah. Es war, als ob das Wadi von einem Zauberstab berührt worden wäre. Die kleine Menge Regen, die in der Nacht gefallen war, hatte wie durch Zauber den Frühling in die Wüste gebracht. Die Akazien und Sukkulenten leuchteten durch den Regen in lebendigem Grün. Die Spuren kleiner Säugetiere, die dieses plötzliche Fest nutzten, durchkreuzten den umliegenden Sand, und Insekten schwebten und tauchten um die Büsche herum.

„Es ist unglaublich." Sie ging durch die gedrungenen, dornigen Kapernbüsche, ihre Finger strichen sanft über die frischen, grünen Triebe, während ihre Augen einer Libelle folgten, die schillernd im Sonnenlicht flatterte. „Ist es immer so?"

„Sie haben sich über Tausende von Jahren angepasst, um vom Morgentau zu überleben. Normalerweise ist das Wadi trocken und es gibt keine Anzeichen von Leben, aber es ist da und wartet darauf, dass der Regen kommt. Es braucht wenig, um Leben in die Wüste zurückzubringen. Der jüngste Regen reicht dafür aus."

Eine Eidechse huschte vorbei. „Genug, um das Leben von Tieren und Menschen zu erhalten."

„Deshalb kümmern sich meine Leute mit ihrer Gastfreundschaft und ihrem Sinn für Loyalität und Pflicht umeinander. Die meiste Zeit gibt es nichts. Und wenn es dann so ist", er folgte ihrem Blick, als sie die Weite des leuchtenden Grüns betrachtete, das jetzt an den normalerweise braunen Büschen haftete. „Preisen wir Allah, denn wir sind abhängig von Dingen außerhalb unserer selbst, Dinge, die wir nicht kontrollieren können."

„Es ist wunderschön, wie ein Wunder."

„Komm zurück zum Auto, nur noch ein kleines Stück weiter in die Berge, und wir sind an unserem Ziel."

Der Geländewagen kletterte höher, schlängelte sich durch scheinbar unpassierbare Pässe, bis sie nicht mehr weiterkommen konnten. Als die Sonne am Himmel sank, warf sie ihr feuriges rotes Licht auf den gelben Kalkstein, sodass es aussah, als würde das Licht vom Felsen selbst ausgehen.

Zahir parkte das Fahrzeug neben einer Felswand.

„Hey, toll. Wir sind den ganzen Weg gekommen, um", sie machte eine spöttische Präsentationsgeste „eine Felswand anzuschauen."

„Gefällt es dir?"

„Fantastisch. Es ist ein blassgelber, aufragender Felsen. Was könnte ich mir mehr wünschen?"

„Ich weiß nicht. Lass uns nachsehen, oder?"

Er sprang aus dem Fahrzeug, aber bevor er ihre Tür öffnen konnte, war sie bereits ausgestiegen und schritt auf einen schmalen Spalt im Felsen zu, der zwischen den Schatten kaum zu erkennen war.

„Hey! Das ist wie ein Gang..."

Er beobachtete sie, wie sie hindurchging und abrupt stehen blieb.

Er kam hinter sie, seine Hände glitten ihre Arme hinunter, unfähig, sie jetzt nicht zu berühren, während sie beide eines der Wunder der Natur betrachteten.

„Oh mein Gott, das ist wunderbar." Annas Stimme war ehrfürchtig leise.

Zahir betrachtete den Komplex heißer Quellen, die aus dem Stein gehauen waren und über denen Dampf aufstieg. Um sie herum waren die Ruinen alter Gebäude, die einst wohl Menschenmengen beherbergt hatten, die das Thermalbad genossen. Das natürliche Amphitheater war von prächtigen Palmen und Tamarisken umgeben, unter denen die Vegetation üppig und saftig grün war, schwer von der feuchten Atmosphäre. Zur Seite, über den alten Gebäuden und hinter einem kleinen Orangenhain, war ein Beduinenzelt errichtet worden, dessen reichverzierte Baldachine einen dekadenten Kontrast zum blassgelben Stein bildeten, der sich mit rotem, noch ordentlichem und intaktem Ziegelwerk abwechselte.

„Das ist Ain Sukhna."

„Wieso habe ich davon noch nie gehört?"

„Weil wir solche Schätze lieber für uns behalten."

„Das überrascht mich nicht."

Er beobachtete, wie sie am Rand der Anlage entlang ging, als wäre sie zu ehrfürchtig, um direkt zum zentralen Bad zu gehen, das erhöht über den anderen lag. Es muss für die Elite gewesen sein, und die Überreste von Säulen lagen an jedem Punkt eines Quadrats um seinen Rand, die ursprünglich eine Art Pergola getragen haben mussten.

Er lehnte sich gegen die Felswand und beobachtete, wie sie ihre Schönheit in sich aufnahm. Sie strich mit ihren Händen durch das üppige Laub eines Baumes und tauschte ihre Finger in das weniger warme Wasser eines langen, rechteckigen Beckens, das eher zum Schwimmen als zum Einweichen gedacht war.

Schließlich setzte sie sich an den Rand des zentralen Beckens, umgeben von warmem Dampf, und schaute zu ihm zurück, ein breites Lächeln im Gesicht.

„Also, du hast mich definitiv überrascht."

Er kam und stellte sich vor sie.

„Und du hast *mich* überrascht."

Sie hob fragend die Augenbrauen und schüttelte den Kopf. „Wie das?"

„Vorher wollte ich dich. Aber jetzt, wo ich dich kenne, will ich dich noch mehr."

Ihr Ausdruck änderte sich sofort, ihre Augen leuchteten mit einer Emotion, die er nur als Hoffnung beschreiben konnte. Es war, als hätten seine Worte sie tief im Inneren berührt, wo der Schmerz der Ablehnung wegen ihrer Herkunft noch immer nachwirkte.

Sie streckte sich nach ihm aus, und er schloss seine Augen, als er ihre zögernde Berührung auf seiner Brust spürte. Warme Finger glitten hoch und breiteten sich über der Narbe über seinem Herzen aus, als würden sie sie für sich beanspruchen. Dann wurde die Quelle der Hitze, die durch seinen Körper schoss und sich in seinem Schoß sammelte, zurückgezogen.

„Schau, zum Himmel", sagte sie leise.

Er folgte ihrem Blick, riss ihn widerwillig von dem los, worauf er sich wirklich konzentrieren wollte – auf sie. Der frühe Abendstern begann gerade, aus dem umgebenden Licht aufzutauchen, als würde er die letzten Sonnenstrahlen aufsaugen.

„Venus", sagte er. „Nach alter Beduinenlegende ist der Abendstern das männliche Kind von Mond und Sonne."

Er sah zu ihr hinunter und wusste, dass sie an Matta dachte. Er zog sie dann sanft an sich, trotz seines wachsenden Verlangens nach ihr. Er wusste, es musste von ihr kommen.

„Komm, lass uns baden."

Seine Hand glitt ihren Arm hinunter, genoss jeden Zentimeter erhitzter Haut, bis er ihre Hand ergriff und sie zum Zelt zog. „Alles, was wir brauchen, ist drinnen. Ich habe es früher für uns vorbereiten lassen."

Sie lachte. „Natürlich hast du das. Weißt du, Zahir, hat dich jemals jemand einen Kontrollfreak genannt?"

„Nein, sie nennen mich einen Scheich."

„Vielleicht ist das dasselbe."

„Vielleicht."

Er hielt vor dem Zelt inne – seine reichen, gewebten

geometrischen Muster passten zum antiken Design von Ziegeln und Stein, die die Becken und bestehenden Bögen säumten – und ließ widerwillig ihre Hand los. Er zog den Vorhang des Zeltes zurück und trat beiseite, damit Anna eintreten konnte.

Es war wie Aladins Höhle, dachte Anna, direkt aus einem Märchen. Reichverzierte Teppiche mit traditionellen Designs bedeckten den Boden, über dem ein messingener, kunstvoll verzierter Kronleuchter mit dicken, weißen Kerzen hing. Es gab nichts anderes – nur ein Bett, das den ganzen Raum einnahm. Anna riss ihren Blick vom Bett los und erkundete das Zelt. Eine weitere Klappe enthüllte einen Kleiderschrank und noch eine führte zu einem mit Mosaik ausgekleideten, moderneren Badezimmer. Es war perfekt.

„Ein Bett. Wie praktisch."

„Ich dachte, es könnte später nützlich sein."

„Hmm. Ich bin ein bisschen müde."

„Hoffentlich nicht zu müde zum Baden?"

Sie grinste, und Verlangen durchzuckte ihren Körper, als sie sein antwortendes Lächeln in seinen Augen sah, das sich zum ersten Mal bis zu seinem Mund ausbreitete und um seine Lippen spielte. Sie schüttelte den Kopf, unfähig, ihren Blick von diesen Lippen zu lösen.

„Dann solltest du dich umziehen." Er warf ihr einen Bikini zu, den sie noch nie gesehen hatte.

„Das ist niemals für eine erwachsene Frau." Sie zog das winzige Dreieck aus Stoff so weit wie möglich auseinander.

„Für eine erwachsene Frau, ausgewählt von einem erwachsenen Mann." Er lächelte wieder, ein Lächeln unverhohlener Sinnlichkeit. „Ich lasse dich beim Umziehen allein."

Anna zupfte an den winzigen weißen Dreiecken, die ihre Brüste bedeckten, und versuchte vergeblich, den Stoff so zu dehnen, dass er ihre Brüste vollständig bedeckte. Sie gab auf, holte tief Luft und trat in das sanfte Dämmerlicht hinaus. Jegliche Verlegenheit war sofort vergessen, als sie Zahir halbnackt wartend sah. Obwohl sie sich ein Bett teilten, war er immer im Dunkeln ins Bett gekommen und wieder gegangen.

Seine reiche Haut schien im Schein der Fackeln zu schimmern, die er um das Hauptbecken unter ihnen herum angezündet hatte. Sie leckte sich über die Lippen, aber ihr Mund wurde sofort trocken beim Anblick seines muskulösen Körpers und der zwei geschwungenen Muskeln an seinen Hüften, die in seiner Shorts verschwanden.

Als sie ihren Blick hob, um seinen zu treffen, sah sie, dass seine Augen ausschließlich auf sie gerichtet waren, hungrig und verlangend.

„Du hast diesen Bikini für mich gekauft, nicht wahr?"

Er nickte. „Ich gehe nicht einkaufen, Anna. Aber ich habe Anweisungen gegeben, so etwas zu besorgen. Ich dachte, er würde dir stehen."

Sie spürte seinen Blick auf ihrem Körper, als wären es seine Nägel, die verführerisch über ihre Haut strichen, bis sich ihre Brustwarzen vor Erwartung verhärteten. Sie wusste, dass sie durch den dünnen weißen Stoff deutlich zu sehen waren.

„Und tut er das?"

Er nickte einmal, seine dunklen Augen auf sie fixiert.

Er riss seinen Blick los und bedeutete ihr, mit ihm durch den Orangenhain zu den Bädern zu gehen.

Die Hitze der alten Steinplatten, die den Weg säumten, wärmte Annas nackte Füße. Die thermische Aktivität erhitzte alles, von den Felsen über die Erde bis zum Wasser. Sie duckte sich unter einem herabhängenden Zweig hindurch und kam auf eine Lichtung, die von Fackeln, hellen Sternen und einem blassgelben Sichelmond, der tief am Himmel hing, erhellt wurde.

Sie gingen die breiten Stufen zum heißen Becken hinauf, und Zahir half ihr hinein. Die Stufen führten um den inneren Teil des Beckens herum und bildeten tiefe Sitze. Das Becken reflektierte das Sternenlicht, und Anna lehnte sich zurück, während die Hitze des Beckens und der würzige Mineralgeruch sie einhüllten.

„Das", atmete sie, als sie spürte, wie sich ihre Muskeln und ihr Geist entspannten „ist das Paradies."

Als sie ihre Augen öffnete, lag Zahir neben ihr, sein Körper so nah, dass sie sehen konnte, wie das Wasser über seine Schultern schwappte und seine Muskeln im Mond- und Fackelschein glänzten. Seine Augen waren geschlossen, und sie studierte sein Gesicht, so stark wie der Rest von ihm, so schön in der Ruhe. Die Anspannung der Führung und des Bedürfnisses war verschwunden. Nur seine natürliche Stärke war jetzt sichtbar.

Er öffnete plötzlich seine Augen, und ihr stockte der Atem in der Brust, verknotete sich in ihrer Kehle. Da war eine Verletzlichkeit und Zärtlichkeit, die sie nur gelegentlich im Laufe der Wochen gesehen hatte. Sie hatte sich in leichten Zögerungen gezeigt, wo vorher keine waren, in einem Flackern in der Tiefe der Augen. Aber jetzt waren die Augen, die sie anblickten, unverhüllt und riefen in die

Tiefe ihrer Seele. Sie nahm einen tiefen, zittrigen Atemzug und wandte sich ab. Sein Blick war zu intim. Sie fühlte, er würde sie vernichten, wenn sie es zuließe.

Sie schaute fest zu den Sternen hinauf, sich bewusst, dass er sie jetzt mit der gleichen Intensität betrachtete.

Sie wollte ihn jetzt. Sie wollte ihr gemeinsames Leben nicht auf Lügen aufbauen. Sie wollte die Wahrheit, sie wollte ihn ehren, wie der Imam gesagt hatte.

„Ich habe noch nie solche Sterne gesehen." Sie wandte sich ihm wieder zu. „Weißt du, als Mädchen war ich von Sternen besessen, ich kannte sie alle, die Sternbilder, die Planeten, die weit entfernten Sterne, aber ich konnte immer nur wenige sehen."

„Warum hast du dich so für etwas interessiert, das du nicht sehen konntest?"

„Weil ich wusste, dass jenseits der Dunkelheit schöne Dinge waren, besser und heller als ich kannte. Ich musste wissen, dass sie da waren. An der Universität und später in New York City suchte ich immer noch nach ihnen, aber es war zu hell in der Stadt."

„Und sind sie so schön, wie du sie dir vorgestellt hast?"

Sie schwieg lange, weil ihr Kopf ein Wirbel aus Bildern und Gefühlen war, die sich zu einer anderen Form zusammenfügten: ihre Liebe zu ihrem Sohn, ihr Bedürfnis nach Freiheit. Noch vor Wochen hatte sie Angst gehabt, beides zu verlieren. Jetzt wusste sie, dass sie ihren Sohn nie verlieren würde, und sie hatte das nagende Gefühl, dass sie hier, bei Zahir, vielleicht mehr Freiheit gefunden hatte als je zuvor. Vielleicht nicht genug - aber dennoch mehr.

„Noch schöner."

„Du siehst nachdenklich aus. Woran denkst du?"

Sie lächelte, noch nicht bereit, ihre Gedanken so vollständig vor ihm zu öffnen. „Dass es mir heute Abend schwerfiel, Matta zu verlassen."

„Er erinnert dich an Abduallah, nicht wahr?"

Sie blickte in seine Augen, unfähig zu glauben, dass er wirklich nicht sehen konnte, dass Matta sein Kind war.

„Nein. Das war es nicht. Er sieht Abduallah eigentlich nicht sehr ähnlich."

„Er hat seine Färbung."

Sie hob kurz die Augenbrauen und seufzte.

„Zahir, ich-"

Aber er brachte sie mit einem Finger zum Schweigen, der ihre Lippen berührte und ihre Gedanken vertrieb. Sie schloss ihre Augen, ihr Mund öffnete sich unter dem sanften Druck seines Fingers, der ihre Lippen umkreiste, bevor seine Fingerspitze vor und zurück über ihre Unterlippe rieb. Ihre Zungenspitze fand seinen Finger, bevor ihre Lippen sich darum schlossen, leicht saugend, bevor sie ihn küsste. Sie konnte die Hitze in sich aufsteigen spüren, nahm seinen scharfen Atemzug wahr, als sie an seinem Finger saugte.

Alle ihre Gedanken und Absichten verschwanden, als sein heißer Atem sich an ihrer Haut beschleunigte. Sie bewegten sich aufeinander zu, ihre Lippen fanden sich in einem Kuss, der nichts von der Sanftheit ihres vorherigen Kusses hatte, nichts von der Zartheit und nichts von dem Zögern. Wie das Aufwallen des thermischen Wassers aus der tiefen Erde kam ihre Leidenschaft von irgendwo tief im Inneren, wo sie ihre Hitze aufgebaut, ihren Druck erhöht hatte, bis sie bereit war zu explodieren.

Während ihre Münder nacheinander suchten, nach der Verbindung, die sie beide so lange zurückgehalten hatten, zog Zahir sie durch das Wasser in seine Arme. Rittlings auf seinem Schoß, seine Arme um sie, die Barriere zwischen ihnen endlich gebrochen, wollte Anna nichts mehr, als dass die letzte Barriere zwischen ihnen verschwand. Ihre Lippen öffneten sich weit, um seiner Zunge Einlass zu gewähren, ihre zu liebkosen; ihre Arme zogen ihn enger an sich, sodass sie seine harte, muskulöse Brust an ihren weichen Brüsten spüren konnte und die Stärke seiner Erregung, die sich gegen ihren Körper presste.

Aber keine Nähe schien genug zu sein. Sie waren beide fiebrig vor Verlangen. Seine Hände schoben sich unter ihr Bikinioberteil, entblößten ihre Brüste seinen Lippen, seinem Mund, seiner Zunge. Blitze durchzuckten sie, als seine ungeduldigen Hände unter ihr Bikinihöschen glitten und es abrissen, die lockeren Knoten gaben seinen ungeduldigen Händen leicht nach.

Nackt, auf ihm, konnte Anna sein Verlangen nach ihr deutlich durch seine Shorts spüren. Jetzt war sie an der Reihe, sie herunterzuziehen, und während sie im Becken zu ihrem Bikini hinuntertrieben, bewegte sie sich vorwärts, bis sie ihn berührte: sein Atem auf ihrem, ihre Brüste auf seiner Brust und ihr Geschlecht auf seinem, ihn berührend, beide verrückt machend vor Verlangen.

Das warme Wasser wogte um sie herum, als Zahir hinter sich griff und ein Kondom aus einer Robentasche zog. Mit zitternden Händen riss sie die Verpackung auf; mit ungeduldigen Händen streifte er es über und glitt wieder ins Becken zurück. Sie erhob sich in die kühlere Luft, ihre Haut und Brustwarzen spannten sich, bevor sie sich auf ihn herabsenkte.

Sie zitterte bei der Empfindung seines Fleisches in

ihrem. Ihre Haut fühlte sich straff vor Verlangen an. Ihre Hände, ihre Füße, ihre Schultern, ihre Brüste, kribbelten mit Nervenenden, die elektrisch wurden durch sein glattes Gleiten gegen ihre empfindlichste Haut.

Sie konnte seinen Puls tief in ihm spüren, der sich in ihrer Tiefe ausbreitete. Sie wagte kaum, sich zu bewegen, aus Angst vor den überwältigenden Empfindungen, die sie sich selbst verlieren ließen, die sie das Gefühl gaben, zu zerfallen.

Aber sie zerfiel nicht; sie war vollständig. Ein Blick in seine Augen, in denen sie sich selbst gespiegelt sah, als würde sie ihn genauso ausfüllen wie er sie, sagte ihr das. Während sie sich gemeinsam bewegten, konnte sie unter ihren Händen seinen Herzschlag spüren, der ihr eigenes schnelles Herzklopfen widerspiegelte.

Doch mit jeder Bewegung ihres Körpers auf und ab auf seinem, verlor ihr Körper diese erdende Verbindung zum Physischen und wurde so flüssig wie das Wasser, das sie umspülte. Nur seine starken Arme, die sie hielten, bewahrten sie davor umzufallen - und die Tatsache, dass sie ebenso wenig aufhören konnte, diese überwältigenden Empfindungen in Körper und Geist zu erzeugen, wie aufzuhören zu atmen. Er setzte sich auf und hielt sie, und sie fiel zurück in Arme, die stark waren und ihr dennoch den Raum gaben, sich der totalen Glückseligkeit hinzugeben, die in ihr explodierte und ihr ganzes Wesen durchflutete. Ihre Schreie, unmittelbar gefolgt von seinen, hallten durch die Lichtung, prallten von den sie umgebenden Wänden ab, bevor sie mit dem Dampf zu den Sternen aufstiegen.

Sie hörte auf sich zu bewegen und sank gegen ihn, noch immer verbunden, sich jeder Bewegung seines harten Körpers in ihr bewusst, an ihrer Grenze. Er hob ihr Kinn und küsste sie zärtlich auf die Lippen, bevor er sich zurückzog, sie in seine Arme nahm und aus dem Bad stieg. Wasser tropfte in schweren Rinnsalen von ihnen beiden herab, entzog ihrem überhitzten Körper die Wärme und ließ die kühlere Luft ihren Körper mit neuen Empfindungen durchdringen: Empfindungen, die Zahirs Hände nur noch verstärkten.

Innerhalb von Minuten hatte Zahir sie auf einem weichen, mit Kissen bestreuten Teppich neben dem Pool abgesetzt. Er küsste sie erneut, aber ihre Hand suchte das, was sie wollte, und er stöhnte auf, als sie ihn streichelte, bevor sie ihn dorthin zog, wo sie ihn haben wollte. Er runzelte kurz die Stirn, bevor er ein weiteres Päckchen aufriss, und diesmal zögerten ihre Finger nicht, als sie es mit beiden Händen streichelnd über ihn zog. Sie ließ sich auf den Rücken fallen, und er drang tief in sie ein, während ihre Beine seinen Körper umschlangen und ihn in sie pressten. Aber jedes Gefühl von Gefangenschaft war flüchtig. Er kontrollierte sie: körperlich, indem er ihren Körper rhythmisch gegen die Kissen drückte, und emotional, indem er ihren Blick mit Augen festhielt, die nur eine Reflexion ihrer eigenen sternenlichterfüllten Augen zeigten, bis die sich windenden Spiralen der Empfindung aufflammten und durch ihren Körper schossen, als sie seinen Namen rief. Erst dann erreichte er den Höhepunkt und ergoss sich mit einem Schrei in sie, der direkt in ihr Herz drang.

Sie hielt ihre Beine fest um ihn geschlungen, wollte nicht, dass die Intimität endete, wollte nicht, dass er sich zurückzog, aber er tat es. Und er küsste sie dann mit einer alles umfassenden Zärtlichkeit, die ihr klar machte, dass die Intimität nicht geendet hatte, sondern gerade erst begonnen hatte.

Sie erwachte im Zelt. Sie konnte sich kaum daran erinnern, dorthin zurückgekehrt zu sein. Aber sie erinnerte sich an das Liebesspiel, das die ganze Nacht hindurch gefolgt war. Wenn sie an die Wochen zurückdachte, die sie im Palast verbracht hatte, konnte sie nicht glauben, dass sie so lange auf ihn gewartet hatte. Doch sie wusste, dass sie diese Zeit gebraucht hatte, um mit ihren eigenen Gefühlen ins Reine zu kommen.

Als das weiche graue Morgenlicht ins Zelt drang, blickte sie zu Zahir hinüber. Er schlief friedlich, aber sobald sie sich aufsetzte, öffneten sich seine Augen. Sie lachte.

„Schläfst du nie tief?"

Er schüttelte den Kopf. „Jahre des Lebens in der Wüste; Jahre, in denen ich wachsam gegenüber Gefahren sein musste - ich kann diese Gewohnheit nicht ablegen."

„Das ist eine nützliche Gewohnheit, denn sie macht es mir ziemlich leicht. Nur eine Bewegung und ich habe dich da, wo ich dich haben will." Ihre Hand glitt unter das Laken und streichelte ihn. Er schloss die Augen und stöhnte.

„Hast du noch nicht genug für eine Nacht, Frau?"

„Nein. Und du offensichtlich auch nicht." Sie staunte über seine harte Dicke, die sie in ihrer Hand hielt. Sie spiegelte die Form seines Körpers wider: dick und stark und voller schwelender Leidenschaft, die nur ihre Berührung brauchte, um zum Leben zu erwachen.

Ihre nackten Brüste spannten sich in der kühlen Morgenluft - und vor Verlangen - und sie rutschte näher an ihn heran, bis die Hitze, die von seinem Körper ausging, sie vollständig einhüllte, und sie seufzte. Sie bewegte ihre Hand seinen Körper hinauf, über seine durchtrainierten Muskeln und seine Brust, bis ihre Hand kurz über seinem Herzen lag. Sie rutschte noch näher, bis ihr Kopf an seiner Brust lag und sie sowohl das beschleunigte Pochen seines Herzens spüren als auch hören konnte, dass das Blut dorthin pumpte, wo er es am meisten brauchte.

Sie griff nach der Schachtel mit Kondomen und rollte geschmeidig eines über ihn, bevor sie ein Bein um ihn schlang. Als sie auf ihm lag, ihr Körper eng an seinem, ihr Kopf an seiner Brust, wurde sie von einem Gefühl völliger Glückseligkeit erfüllt - von Wärme und Behaglichkeit und schlichter Richtigkeit -, das sie erschütterte. Schnell glitt sie auf ihn herab und hielt inne, sein Gesicht beobachtend. Er beobachtete sie durch zusammengekniffene Augen, die einzige Bewegung kam von seinem Inneren, verstärkte die Empfindungen, die sich köstlich durch ihren Körper ausbreiteten. Als sie sich langsam, neckend auf ihm bewegte, spannte sich sein Gesicht vor Lust. Sie bewegte sich weiter auf ihm, entschlossen, ihn zum Höhepunkt zu bringen, wie er es immer bei ihr tat. Aber ihre Kontrolle war seiner nicht gewachsen, und Welle um Welle schimmernder Erlösung traf sie, bevor er sich die gleiche Erlösung erlaubte.

Sie rollte sich in seine Arme, ihre Köpfe nahe beieinander. Sie hatte sich noch nie jemandem in ihrem ganzen Leben so nahe gefühlt. Und dieser Mann war ihr Ehemann.

Sie fuhr mit den Fingerspitzen seinen Körper entlang und beobachtete, wie sich die Haare als Reaktion auf das leichte Kratzen ihrer Nägel aufrichteten. Sie bewegte sich und beugte sich hinunter, um ihre Lippen über dieselbe Spur gleiten zu lassen, küsste die Haut, wärmte sie mit ihrem Atem. Das Zelt war kühl am Morgen und ihr Atem bildete leichte Wölkchen.

„Anna. Ich muss dir etwas sagen. Beim ersten Kondom bin ich nicht sicher, ob es dich geschützt hat. Der Wasserdruck um uns herum könnte es unwirksam gemacht haben."

Geschockt blieb Anna stumm.

„Wir haben beim letzten Mal viel riskiert", fuhr Zahir fort, „Gott sei Dank ist nichts daraus entstanden."

Plötzlich wurde sie wütend. Wie konnte er es wagen, das zu sagen? Matta war daraus entstanden, und sie konnte sich nicht einmal ansatzweise vorstellen, Matta nicht zu wollen.

„Und *ich* muss dir etwas sagen. Ich weiß, ich sollte mir Sorgen um das Risiko machen, aber ich kann es nicht. Weil ein großer Teil von mir - sicherlich nicht der praktische Teil - nicht will, dass irgendetwas zwischen uns steht. Keine Barrieren, keine Lügen."

Sie hielt inne und suchte in seinem Gesicht nach einer Reaktion, fand aber nur eine ausdruckslose Maske, die sie erschauern ließ. „Sprich weiter." Seine Stimme war jetzt auch distanziert.

„Matta..."

„Was ist mit Matta? Es geht ihm doch gut, oder?"

Sie nickte und nahm all ihren Mut und ihre Entschlossenheit zusammen, um fortzufahren. „Natürlich. Ich muss dir sagen, dass Matta dein Sohn ist. Er kam sechs Wochen zu früh - eine schwierige Schwangerschaft..."

Er starrte sie weiter an, aber sie konnte den Schock in

seinen Augen erkennen, als ihre Worte verstummten und auf seine Reaktion warteten.

„Du *musst* es mir sagen?" Seine Stimme war leise und enthielt eine Gewalt, die ihr Angst machte. Er wandte sich von ihr ab und rückte unbeholfen von ihr weg, als er sich aufsetzte und wegschaute.

„Ich habe versucht, es dir zu sagen."

„Offensichtlich nicht hart genug."

Sie streckte ihre Hand nach ihm aus. „Bitte, tu das nicht. Nicht nach dem, was wir gerade zusammen erlebt haben. Wir haben einen Neuanfang, eine neue Chance."

Er drehte sich dann zu ihr um. „Basierend auf Lügen? Anna, hast du denn gar nichts von mir und dem Kodex verstanden, nach dem ich mein Leben führe? Lügen haben darin keinen Platz. Ich wollte immer nur die Wahrheit von dir. Und die hast du mir nie gegeben." Er fuhr sich mit den Fingern durch die Haare und bewegte sich wieder von ihr weg. Aber sie konnte sehen, wie das tiefe Stöhnen seinen Rücken hinunterlief. „Du sagst mir, dass mein Neffe in Wahrheit mein Sohn ist – eine Tatsache, die du sechs Jahre lang vor mir verheimlicht hast – und denkst, ich sollte dieses kleine Versehen von dir vergessen und weitermachen wie bisher?" Er schüttelte den Kopf und starrte sie an. Sie zuckte unter seinem eisigen Blick zusammen. „So funktioniert das nicht."

Sie fiel unter der Wucht seines Blickes zurück ins Bett. Sie schüttelte den Kopf. „Ich dachte-"

„Was genau *hast* du gedacht?"

„Du hast gesagt, dass nichts zwischen uns kommen könnte. Du hast gesagt, du wolltest die Wahrheit wissen. Ich habe dir die Wahrheit gesagt."

„Die ganze Wahrheit?"

Sie konnte nicht antworten. Denn die Wahrheit über Abduallah zu erzählen würde sein Andenken verraten und das Bild von Abduallah zerstören, das Zahir während der Kriegsjahre seine Motivation und seinen Antrieb gegeben hatte und das noch immer wie eine stille Wache seines Herzens fortbestand. Ein Wort von ihr und die Wache würde verschwinden, würde die starken, sicheren Linien zerstören, die Zahirs Welt umrissen.

„Das dachte ich mir. Wann werden die Lügen aufhören?"

Lange schweigsame Momente zogen sich noch länger hin, aber keiner von beiden bewegte sich oder sprach, bevor er aufstand und sich nur einmal zu ihr umdrehte. „Ich werde innerhalb einer Stunde ein Auto für dich kommen lassen."

Eine kühle Luftböe umhüllte sie, als er die Zelttür öffnete und ohne ein weiteres Wort nach draußen ging.

KAPITEL 7

Zahir beobachtete, wie Anna wegfuhr, ihre steife Gestalt bewegungslos auf dem Rücksitz des Geländewagens. Sie drehte sich nicht um.

Er wandte den Blick bewusst ab. Er entschied sich dafür, nicht mehr hinzusehen, aber er konnte sich nicht entscheiden, das Geräusch des sich entfernenden Fahrzeugs nicht zu hören, als es über den steinigen Boden durch die Windungen und Wendungen des Wadis donnerte, bevor es in die Ebene mündete. Seine lügende Ehefrau mit sich nehmend.

Sechs Jahre. Sechs Jahre lang hatte sie die Tatsache, dass er Vater war, vor ihm geheim gehalten. Wie könnte er ihr je verzeihen?

Er hatte gedacht, er könnte über ihre Untreue gegenüber seinem Bruder hinwegsehen, irgendwie mit ihrem Charakter zurechtkommen, der seinem so entgegengesetzt war. Aber jetzt das, zusätzlich zu Abduallahs Tod.

Wie könnte er ihr je wieder vertrauen?

Er blickte über das Fahrzeug hinaus zu dem

verschwommenen Gebirge, das anzeigte, wo der Palast lag. Zwischen den beiden Gebirgszügen gab es nichts außer Wüste. Er atmete tief die trockene Hitze ein, die von den Ebenen herüberwehte, und versuchte, die Verbitterung und Wut zu neutralisieren, die er in seinen Adern aufsteigen fühlte.

Das war sein Leben: Beschützer seines Volkes, seiner Familie und seines Landes. Er hatte nie ein Kind gewollt. Wie könnte ein kalter Mann richtig für eines sorgen? Falls er jemals weichere Gefühle gehabt hatte, waren sie ihm durch den Verlust seiner Mutter und die Kämpfe, in die er sich jahrelang gestürzt hatte, ausgetrieben worden. Sie hatten ihn zu dem Mann gemacht, der er geworden war; ein Mann, der vielleicht als Onkel taugte, aber nicht als Vater. Und er taugte auch nicht zum Ehemann. Aber jetzt war er beides, und seine Kontrolle über die Situation entglitt ihm so sicher wie der Sand durch seine Finger.

Verwirrung, Wut, Frustration über seine Unfähigkeit, die Situation zu kontrollieren, überwältigten ihn. Aber er war noch nie weggelaufen oder hatte sich versteckt. Er würde sich den Dingen stellen, aber noch nicht, nicht solange er seine Gefühle nicht unter Kontrolle hatte.

Anna schloss ihre trockenen Augen gegen den stechenden Staub. Sie hätte nicht weinen können, selbst wenn sie gewollt hätte. Der Schock über seinen emotionalen Rückzug hatte sie betäubt. Wie konnte sie nur so dumm gewesen sein zu glauben, er würde es verstehen?

Als das Auto anhielt, öffnete sie langsam ihre Augen und blickte hinauf zu den Palastmauern, die sich überall um sie herum erhoben, in sanftem Gelb gegen einen strahlend azurblauen Himmel. Es war derselbe Ort, zu dem sie vor Wochen gekommen war, und doch war er es nicht. Jetzt war es ihr Zuhause.

Sie sah das Gebäude nicht mehr isoliert, sondern in Beziehung zu den Ebenen, zu den versteckten Oasen und Gemeinschaften der Wüste. Es war ein Teil von Zahirs Welt, nicht in sich selbst eingeschlossen.

Sie lachte halb über sich selbst - zweifellos eine weitere Strategie, um sie glauben zu lassen, sie wäre nicht gefangen. Aber sie fühlte sich gefangener denn je, und das hatte nichts mit irgendwelchen Gebäuden oder Ländern, irgendwelchen physischen Grenzen zu tun. Sie war besessen von jemandem, der nichts für sie empfand und es nie tun würde.

Es war nach Mitternacht, als Zahir zurückkehrte. Aber anstatt direkt in sein eigenes Zimmer zu gehen, ging er zu Annas. Er wusste, dass sie dort sein würde - entweder weil sie seine Rückkehr nicht erwartete oder weil sie ihm nicht gegenübertreten wollte oder konnte. Aber sie würde ihm gegenübertreten müssen, weil er Antworten wollte.

Das Sternenlicht erhellte Annas helles Haar. Dunkelheit und Schatten sammelten sich überall, aber ihr Haar schien im glühenden Licht der Sterne matt silbern zu leuchten. Sie sah aus wie ein gefallener Engel, wie sie da lag, verwirrt als ob sie beunruhigende Träume hätte, das Laken um ihre sich bewegenden Beine gewunden, ihre Arme nach etwas ausgestreckt, das außerhalb ihrer Reichweite lag.

Er spürte das mittlerweile vertraute Ziehen in seiner Brust, als ob das, wonach sie griff, sie in ihm gefunden hätte. Er trat zurück, erschrocken über die Tiefe seines Verlangens. Das Geräusch seiner Füße auf dem Boden muss sie geweckt haben, denn plötzlich setzte sie sich aufrecht hin, noch immer schlaftrunken.

„Zahir?"

„Wie kannst du dir sicher sein, dass er nicht Abduallhs Kind ist?"

Sie richtete sich im Bett auf, strich sich die Haare aus den Augen und seufzte. „Glaub mir, ich weiß es. Ich bin hundertprozentig sicher, dass du Mattas Vater bist."

Er spürte, wie sich seine Schultern vor Erleichterung entspannten. Als sie es ihm zuerst gesagt hatte, war er wütend gewesen, weil er Angst hatte, nicht genug für Matta zu sein. Aber die Wut war schnell verschwunden, gefolgt von der Angst, dass es einen Irrtum geben könnte - dass Matta nicht seiner war - und das konnte er noch weniger ertragen als im Exil von seiner Heimat zu leben.

„Hat Abduallh geglaubt, Matta sei seiner?"

„Nein."

Zahir spürte eine weitere Welle der Erleichterung, vermischt mit Schuld.

„Er wusste, dass Matta meiner ist?"

„Ich weiß es nicht. Ich denke schon, ja."

„Du musst mir alles erzählen."

Anna schwang ihre Beine aus dem Bett und ging im Zimmer umher, vermied es, ihm zu nahe zu kommen. „Gut. Abduallh, er -" sie sah ihn einmal an und seufzte dann schwer, als wäre sie unsicher „er wusste, dass es nicht seiner sein konnte. Es gab keine Möglichkeit. Er hat mich nie gefragt, wer der Vater war, und ich habe es ihm nie gesagt, aber ich denke, er wusste es. Und ich denke auch, er glaubte aufgrund deiner Haltung mir gegenüber, dass du kein weiteres Interesse an mir hattest."

„Und so hast du nicht in Betracht gezogen, dass ich

daran interessiert sein könnte zu wissen, dass ich einen Sohn gezeugt habe." Seine Stimme war leise.

„Das war es nicht."

„Was war es dann?"

„Ich *wollte* nicht, dass du es weißt."

Zahir wandte sich von ihr ab, starr vor Wut. „Und nur weil du aus einer Laune heraus-"

„Keine Laune. Ich wusste, du würdest ihn mir wegnehmen, uns wegnehmen-"

„Natürlich hätte ich das."

„Dann kannst du mir kaum vorwerfen, dass ich es dir nicht gesagt habe."

„Ich werfe es dir vor. Ich werfe dir vor, dass du dafür gesorgt hast, dass ich glaubte, du wärst mit Matta zwei Monate schwanger, als wir uns in dieser Nacht in Paris trafen. Du hast Abduallah diese Lüge erzählt, wissend, dass er sie mir weitererzählen würde. Du hast mich glauben lassen, Matta sei ein termingerecht geborenes Baby und Abduallah sein Vater."

„Es tut mir leid. Ich erwarte nicht, dass du es verstehst, aber von dem Moment an, als ich Matta in meinem Bauch spürte, wusste ich, dass ich alles für dieses Kind tun würde, aber vor allem würde ich ihn lieben und bei mir behalten. Ich konnte nicht zulassen, dass du ihn mir wegnimmst."

„Das habe ich trotzdem getan."

Sie verfielen in tiefes Schweigen, das nichts füllen konnte. Er spürte Annas zögernde Berührung auf seiner Schulter.

„Zahir." Ihre Stimme war sanft und er schloss die Augen. Er wollte nach ihr greifen, wusste aber, dass nichts gesagt oder gefühlt oder getan werden konnte, um die Lügen der Vergangenheit ungeschehen zu machen.

Er trat zurück, seine Hand in der Luft, eine Barriere zwischen ihnen bildend. „Nein. Ich muss gehen."

„Es liegt jetzt an dir. Du musst damit entweder ins Reine kommen - oder eben nicht."

Oder eben nicht. Ihre Worte hallten in seinem Kopf nach, als er die Tür hinter sich schloss und in sein leeres Zimmer zurückkehrte.

„NEIN!" sagte Matta gereizt und runzelte die Stirn über seine Mutter, die sich nicht so gut konzentrierte, wie er es von ihr erwartete.

„Tut mir leid, Schatz. Also gut, zeig es mir noch mal."

Anna versuchte sich auf das Lied und die Bewegungen zu konzentrieren, die Matta ihr zeigte, scheiterte aber kläglich. Drei Tage waren vergangen, seit sie Zahir gesehen hatte. Kein Zeichen. Kein Wort.

Sie lebte in einem surrealen Schwebezustand, aus dem sie nicht auftauchen konnte, um normal zu funktionieren.

„Hmm", sagte Matta, sein Mund verzog sich und seine Brauen senkten sich in einer charakteristischen Bewegung, die sie von Zahir kannte. „Mama, das geht so nicht." Er lächelte sie mitfühlend an. „Vielleicht überlässt du das besser mir."

Anna lachte über seine erwachsenen Worte. Er war wie ein Schwamm, der von allen um ihn herum etwas aufsog: die Sprache von den Erwachsenen und den Spaß von seinen Cousins und Freunden. Sie wuschelte durch sein Haar und er entzog sich ihrer Reichweite.

„Vielleicht sollte ich das wirklich." Immerhin hatten die drei Tage es ihr ermöglicht, Matta ihre ungeteilte Aufmerksamkeit zu schenken, seine neu erlernten Talente zu bewundern und besondere Freude an seiner Liebe zu haben, eine Liebe, die trotz ihrer Befürchtungen nicht nachgelassen, sondern scheinbar gewachsen war. Das brauchte sie jetzt mehr denn je. „Komm her und gib mir eine Umarmung."

Ein resignierter Matta schlurfte nach vorne und neigte seinen Kopf, um geküsst und umarmt zu werden. Er klopfte ihr auf den Rücken in einer Geste, von der sie wusste, dass es eine des Abschieds war. Sie konnte nicht anders als zu lachen. Sie drückte ihn fest und ließ ihn neckend nicht los.

„Mama, ich muss jetzt gehen. Ab Zahir will mit mir zu den Falken gehen."

Ihr Herz pochte bei der Erwähnung von Zahir und sie ließ Matta aus ihren Armen gleiten.

„Ich mag es nicht, wenn du mit den Falken spielst."

„Mama, das ist kein Spielen. Es ist Teil unserer Kultur, das sagt Ab Zahir. Außerdem wird er dabei sein."

Allerdings, dachte Anna. Zum ersten Mal seit ihrer Rückkehr wusste sie, wo er sein würde.

„Und ich auch."

Anna hielt einen Moment inne, getroffen von dem Bild der Einsamkeit, das Zahir bot, wie er mit dem Rücken zu ihnen stand, seine weißen Gewänder im Wind wehend, sich deutlich gegen den blauen Himmel und die weite leere Fläche abzeichnend.

Er drehte sich plötzlich um beim Geräusch von Mattas

rennenden Füßen und hob ihn in die Luft, bevor er ihn in eine Bärenumarmung zog, die Anna einen Kloß im Hals verursachte. Sie wusste, dass Matta Zeit mit Zahir verbrachte, aber hatte ihre wachsende Nähe nie aus erster Hand miterlebt.

Auf einer gewissen Ebene fand sich Zahir damit ab, Vater zu sein. Und Matta sah Zahir definitiv als seinen zweiten Vater. Allein wie Matta ihn nannte - Ab oder Vater Zahir - zeigte ihr, dass er ihn als solchen sah.

„Zahir?"

Sie versuchte, ihr Gesicht und ihre Stimme vom Zittern abzuhalten, und nahm an, dass es ihr gelungen sein musste, da Zahir nicht im Geringsten beunruhigt aussah.

„Anna." Er nickte distanziert zur Begrüßung.

„Ich würde gerne mitkommen, wenn ich darf."

„Wie du möchtest."

Anna spürte einen Knoten wie ein Schluchzen ihre Brust hochkriechen bei der eisigen Kälte seines Tons.

Matta schaute von einem zum anderen und seine Brauen waren zusammengezogen, aber er sagte nichts.

Anna ging im Gleichschritt mit Matta zwischen ihnen, lauschte Mattas Geplapper und Zahirs nachsichtigen Kommentaren. Als sie die Falknerei erreichten, rannte Matta voraus und drehte sich um, sein Gesicht wandelte sich von Aufregung zu Besorgnis beim Anblick der beiden, die sich zwar nahe waren und doch Meilen voneinander entfernt schienen.

„Mama, was ist los mit Ab Zahir und dir? Hast du mit ihm geschimpft, weil er etwas falsch gemacht hat?"

„Was meinst du?"

„Es ist nur, dass Ab Zahir so aussieht, wie ich mich

fühle, wenn ich etwas falsch gemacht habe und du mit mir schimpfst. Du solltest nicht mit ihm schimpfen. Er ist der Scheich."

Anna spürte, wie ihr Kiefer angesichts der Ungerechtigkeit seiner Anschuldigung herunterklappte, aber sie konnte keine Worte formen, außer Zahir anzusehen, dessen Augen voller Lachen waren.

Als sie sich zu Matta zurückdrehte, war er in den Tiefen der Falknerei verschwunden und ließ sie allein.

„Wie sagt ihr im Westen? Kindermund tut Wahrheit kund?"

„Absoluter, uninformierter Unsinn! Ich *sollte* mit dir schimpfen, weil du dich schlecht benimmst. Ja, ich hätte dir wahrscheinlich sagen sollen, dass Matta dein Kind ist, aber weißt du was? Wenn ich die Zeit zurückdrehen könnte, würde ich genau dasselbe wieder tun. Er war mein Kind, sein leiblicher Vater wollte nichts mit mir zu tun haben und sein Adoptivvater war krank und ich-"

„Ja, ich weiß-"

„Ich musste..." sie hielt mitten im Satz inne, sprachlos. „Du weißt es? Was willst du damit sagen?"

„Matta hat von eurem gemeinsamen Leben in New York erzählt. Ich weiß ein wenig davon, was ihr durchgemacht habt. Er hat von Abduallah erzählt und er hat von dir erzählt. Er ist ein kluger Junge."

„Natürlich ist er das. Er hat meine Gene."

Er lächelte sie an. „Und meine."

„Und das macht ihn wohl zu solch einem Schlawiner."

„Nein, das macht ihn zu jemandem, der nur vertraut, wenn dieses Vertrauen verdient wurde."

„Mir vertraut er."

Seine Augen wanderten über ihr Gesicht, als suchten sie nach etwas.

„Und ich möchte das auch.“

„Dann versuch, es zu verstehen.“

Anna drehte sich abrupt um und ging weg, bevor die Tränen, die sie hinter ihren Augen aufsteigen fühlte, zu fallen begannen. Sobald sie außer Sichtweite war, beschleunigte sie ihre Schritte und rannte blindlings zurück in den Palast, hielt nicht an, bis sie ihr Büro erreichte. Sie stürmte hinein und schlug die Tür hinter sich zu, lehnte sich dagegen und schluchzte wegen des Mannes, den sie wollte, der sich aber keine Mühe gab, sie zu verstehen.

Sie lag in dieser Nacht im Bett, ihre brennenden Augen geschlossen, die kühle Brise auf ihrer erhitzten Haut, ihr Kopf voller Sternenlicht und weißer Blüten, die die Wüste nach dem Regen erhellten. Sie schien das Licht nur zu sehen, wenn ihre Augen geschlossen waren. Eines Tages, so hoffte sie, würde sie sie öffnen und solche Schönheit sehen. Aber für den Moment wagte sie es nicht, an etwas anderes zu denken, und hielt an diesem Bild fest, während die Gefühle in ihr kamen und gingen.

So war es gewesen, seit sie ihn an der Oase verlassen hatte. Die Stunden vergingen an diesem zeitlosen Ort wie der Sand, immer in Bewegung und sich verändernd, aber immer gleich aussehend. Nie zuvor war ihr das Gefühl des Wartens so bewusst gewesen. Warten darauf, dass er verstand – oder begehrte. Warten auf ein Wunder. Aber keines kam.

War alles so schnell vorbei? War seine Leidenschaft so oberflächlich gewesen, dass eine Nacht zusammen gereicht hatte, um sie zu löschen?

Irgendwann nach Mitternacht fiel sie in einen unruhigen Schlummer, ihre Träume voller Wüstenblüten-Licht, ihr Herz voller Hoffnung. Plötzlich erwachte sie, ihre Sinne hellwach. Sie lag ganz still, benommen, fragte sich einen Moment, wo sie war, was sie geweckt hatte. Es gab kein Geräusch, keine Gestalt im dunklen Raum. Aber sie wusste, dass er es war. Lautlos glitt er neben sie aufs Bett.

„Anna." Sie schloss kurz die Augen, schmolz bei seiner Stimme und seiner Berührung, als er sich neben sie aufs Bett setzte, seine Hände nach ihr ausstreckend, sie zu sich ziehend. All ihr Ärger und ihr Schmerz über seine Kälte waren vergessen angesichts seiner tatsächlichen Präsenz.

Er fuhr mit seinen Händen durch ihr Haar und hielt ihr Gesicht einen langen Moment, bevor er seine Lippen auf ihre legte und sie festhielt, sodass er sich nehmen konnte, was er wollte. Sie fühlte sich, als wäre sie bis zu diesem Moment in der Wüste verloren gewesen, Zentimeter für Zentimeter unter der schwülen, leblosen Sonne sterbend.

Sie konnte nichts anderes tun, als ihm so viel zu geben, wie er wollte – und mehr. Während ihre Münder und Zungen weiter nach Befriedigung suchten, in einer rastlosen, gequälten Leidenschaft des Drehens, Wendens, Drucks von Lippen auf Lippen, von Körper an gleitendem Körper, spürte sie sein Herz gegen ihres schlagen. Sie fühlte sich mächtig, von Elektrizität durchströmt, vor Bewusstsein schimmernd, durchdrungen von Verlangen.

Er stand plötzlich auf und ging vom Bett weg. Anna konnte das Reißen einer Verpackung kaum über ihrem keuchenden Atem hören. In Sekunden war er wieder bei ihr und sie schlang ihre Beine um ihn, zog ihn näher zu sich. Er löste sich von ihrem Kuss. Und für einen langen Moment sahen sie einander an in der flachen Dunkelheit, wo Gefühle greifbarer waren als die vagen Umrisse des Physischen. Aber sie konnte seine Augen sehen, schwarz und weiß, intensiv und fordernd. Seine Augen hielten nicht nur ein Versprechen, sondern erfüllten es. Sie liebten sie genauso sicher wie sein Körper es gleichtun würde. Sie spürte die Verbindung, intim, stark und erotisch, so sicher, als hätte er sie bereits durchdrungen. Sie keuchte und ihre Beine zitterten um ihn herum.

Sein Blick wich nicht von ihrem, als seine Hände ihre zitternden Beine hinabstrichen und ihnen Kraft gaben, während er sich bewegte und sie beide um sie herum hob und in sie eindrang. Sie kam bei seinem ersten Stoß, den er dort hielt, tief in ihr, als sie den Mund öffnete, um aufzuschreien, aber sein Mund raubte ihr den Laut, dämpfte ihre Ekstase, während ihr ganzer Körper um seinen bebte. Erst als das Zittern aufhörte, bewegte er sich: rhythmisch, unnachgiebig, bewegte sich in ihr hinein und heraus, jede Bewegung so intensiv wie die letzte. Es war eine Besitznahme. Und sie wollte in Besitz genommen werden.

Noch immer beobachtete er sie, aber jetzt spürte sie, wie seine eigene Leidenschaft sein Bedürfnis übertraf, ihr Verlangen zu genießen. Sie konnte es in seinen Augen sehen, konzentriert, sein Fokus verschob sich von ihr zu einem Ort unbekannter Gefühle, verschob sich in sein Inneres, als er sich seiner Leidenschaft hingab; als er seine Kontrolle an seinen Körper und ihren Körper übergab, vereint in ihrer Leidenschaft.

Sie kam erneut, mit lauten Lustschreien und Zahirs Finger, der ihre schreienden Lippen nachzeichnete. Erst dann ließ Zahir seiner eigenen Lust freien Lauf, leise, als wäre es ein Spiegelbild der inneren Natur seines Höhepunkts. Als sich seine Augen wieder auf sie fokussierten, konnte sie sehen, dass eine Mauer gefallen war. Seine Mimik hatte eine andere Qualität. Offen, mit ihr auf einer anderen Ebene verbunden.

Er rollte sich weg und als sie still nebeneinander lagen, ihre Körper schweißnass, der schnelle Schlag ihrer Herzen begann sich zu beruhigen, tastete ihre Hand nach seinem Körper, fühlte die Narbe über seinem Herzen.

„Es tut mir leid." Seine Worte kamen so leise zu ihr, dass sie dachte, es müssten ihre eigenen gewesen sein.

Sie drehte sich auf die Seite und sah ihn an, während er zur Decke starrte.

„Es tut mir leid", wiederholte er. „Für alles. Dass ich in jener Nacht vor sechs Jahren die Kontrolle verloren habe, dass ich so verbittert war, als ich herausfand, wer du bist, dass ich so wütend auf dich war. Es tut mir auch leid, dass du mir nicht von Matta erzählen konntest, aber ich verstehe das."

Die Schlichtheit seiner Entschuldigung schockierte sie. Aber mehr noch wollte sie verzweifelt wissen, wie Zahir jetzt über Matta dachte, ob ihre Täuschung seine Zuneigung zu ihm verändert hatte. Aber sie wagte nicht zu fragen.

„Ich habe es gehasst, es dir nicht sagen zu können. Es ist eine Erleichterung, dass du es weißt. Ich fühle mich, als hätte ich dieses riesige Geheimnis so lange mit mir herumgetragen."

„Sag mir, wie hat Abduallah sich dabei gefühlt, sich um das Baby eines anderen zu kümmern?"

„Er liebte ihn. Unsere *Situation* war kompliziert, aber

er verstand es. Und er liebte ihn. Er hatte nie gedacht, dass er ein Kind haben würde, also schien Matta wie ein Geschenk des Himmels."

„Mir auch. Ich habe mir mein ganzes Leben lang ein Kind gewünscht, aber fühlte, ich könnte nie ein richtiger Vater für Kinder sein, ein richtiger Ehemann für eine Frau."

„Wie konntest du das denken?"

Er sah sie an mit einer tausendjährigen Müdigkeit in seinen Augen. „Weil", seine Hand umschloss ihre, die noch immer auf seiner Narbe lag, „wenn ich überhaupt ein Herz habe, ist es kalt und es ist tot."

Sie schüttelte vehement den Kopf. „Nein. Das stimmt nicht."

„Anna", er strich ihr durchs Haar mit einem Blick voller Zärtlichkeit, der die Müdigkeit in seinen Augen milderte. „Es *stimmt*. Ich habe getötet und wurde fast getötet. Ich habe diese Lektionen auf die Finanzmärkte übertragen und war rücksichtslos in meinem Streben nach dem Wohlstand meines Landes. Das sind keine Dinge, die ich mir für mein Kind wünschen würde."

„Du hast selbst gesagt, dass du getan hast, was du tun musstest."

Er nickte. „Und ich glaubte, es sei mein Schicksal, keine Kinder zu haben. Aber jetzt hast du mir ein Geschenk gemacht, das kostbarer ist, als du ahnen oder ich mir hätte vorstellen können."

„Und Matta? Sag mir, was empfindest du jetzt für ihn?"

„Meine Gefühle für ihn haben sich nicht verändert."

Annas Herz sank.

„Ich könnte nicht mehr für ihn empfinden, als ich es bereits tue."

Anna konnte nicht sprechen. Er benutzte zwar nicht das Wort *Liebe*, aber das war ihr egal, denn auf seine eigene Art sagte er ihr, dass er Matta liebte. Und das bedeutete ihr alles. Denn sie hatte schreckliche Angst gehabt, dass er dieses unschuldige Kind, dessen Vaterschaft vor ihm geheim gehalten wurde, ablehnen würde.

Sie lagen einen langen Moment schweigend da - eine Stille, die nur durch die Geräusche einer Nachteule, die ihre Beute beanspruchte, das sanfte Murmeln des Wassers im Innenhof und das Rascheln der Blätter in den Büschen vor ihrem Fenster unterbrochen wurde. Sie spürte, wie seine Hand nach ihrer griff und sie liebkoste, bevor er sie festhielt, als wolle er sie nie mehr loslassen.

„Küss mich, Anna." Seine Stimme war heiser vor Emotion. „Sag, dass du mir verzeihst."

Ihr Mund fand seinen in der Dunkelheit und nahm seine Entschuldigung in einer Geste an, die weitaus beredter war als Worte.

IHRE TAGE GLITTEN in ein Muster leidenschaftlichen Liebemachens bei Nacht und jetzt auch tagsüber, wo auch immer sie sich trafen oder verabredeten - in der Höhle der Quelle, in einsamen, vergessenen Ecken des alten Palastes oder auf einem Bett aus weichen, blühenden Blumen. Wo auch immer es praktisch und privat war, konnten sie die Lust ausleben, die ihr nächtliches Liebesspiel nur noch mehr zu entfachen schien.

Es war alles genau so, wie er es vorausgesagt hatte. Er bekam, was er die ganze Zeit gewollt hatte - sie in seinem Bett. Und er lebte seine Besessenheit von ihr definitiv aus. Allein der Gedanke an ihn, nur Stunden zuvor, ungeduldige Hände, die ihr Kleid hochschoben, frei von der Unterwäsche, die sie nicht mehr trug, sie hochhob, damit er in sie eindringen konnte, seine Hände, die ihr Gesäß umklammerten, während er in sie stieß, bis in ihre Seele vordrang und sie gegen die Wand eines vergessenen Teils des Palastes drückte - staubig, erhaben und majestätisch - unfähig, auf die kommende Nacht zu warten.

Sie stöhnte vor erneuter Erregung und versuchte, sich auf ihre Bücher zu konzentrieren, die vor ihr auf dem Schreibtisch verstreut lagen. Trotz des leidenschaftlichen Sex läuteten in ihrem Kopf die Alarmglocken. Er war immer so beschäftigt, so sehr mit Staatsgeschäften beschäftigt, dass sie kaum miteinander redeten. Ihre Beziehung war fast ausschließlich körperlich. Er lebte seine Leidenschaft für sie aus, genau wie er es sich vorgestellt hatte. Aber was würde geschehen, wenn oder falls er gesättigt wäre? Anna hatte den Verdacht, dass Zahir es absichtlich auf dieser körperlichen Ebene hielt und nicht bereit war, sie auf einer emotionaleren Ebene zu akzeptieren. Warum, wusste sie nicht. Aber sie konnte ein nagendes Gefühl der Minderwertigkeit nicht ignorieren. Sie kam in keiner Hinsicht aus seiner Welt. Was würde also passieren, wenn er gelangweilt wäre? Würde dann alles enden, genau wie er es vorhergesagt hatte? Würde er zu einer anderen Frau übergehen und was bliebe ihr dann?

Sie blätterte gereizt durch die Seiten eines Lehrbuchs. Sie hätte nichts, nur das, was sie selbst aus den Trümmern ihrer Leidenschaft aufbauen könnte. Und im Moment konzentrierte sie sich auf Matta - ihren ganzen Stolz und ihre Freude - und ihr Studium.

Matta blühte weiterhin unter der Fürsorge und Führung seiner erweiterten Familie auf. Aber er kam immer noch zuerst zu ihr, wenn er Liebe brauchte. Ihre Ängste, dass er sich von ihr entfernen würde, waren unbegründet, das erkannte sie jetzt. Er hatte ein großes Herz mit genügend Platz für alle, aber mit einem besonderen Platz, der immer ihr gehören würde.

Sie lächelte das Foto von Matta mit der Zahnlücke an, das sie auf ihrem Schreibtisch aufbewahrte, und schob es mit ihrem Stift näher heran. Er würde das Ebenbild Zahirs werden, mit seinem Körperbau und seiner Färbung. Aber sein Wesen war anders. Er hatte die Fähigkeit, Menschen mit einer unbeschwerten Art zu bezaubern, die Zahir definitiv nicht besaß und an die sie sich aus ihrer Kindheit nur schwach erinnerte. Mit einer anderen Erziehung hätte vielleicht auch sie dieses Talent zum Glücklichsein gehabt.

Und ihr Studium lief gut. Sie erhielt täglich Lieferungen aus Riad mit Lehrbüchern, Notizen, Monografien und Forschungsarbeiten. Es war schließlich der Schlüssel zu ihrer Freiheit und ihrer Zukunft, wenn Zahir ihrer überdrüssig würde. Trotz oder wegen der emotionalen Aufregung erwies sich ihr Studium als die eine Konstante, die sie weitermachen ließ. Sie freute sich auf die Parisreise, die sie arrangiert hatte, um eine Woche intensive Tutorien an der juristischen Fakultät der Sorbonne zu besuchen.

Sie ließ ihren Bleistift fallen und starrte in den Garten hinaus, der nun unter der Sommersonne schmorte. Matta würde Paris genießen. Neben ihrem Studium hatte sie Zeit nur für sie beide eingeplant. Seine Krankenschwester würde natürlich mitkommen, für die Zeit, wenn sie an der Universität war, aber ohne Zahir würde die übliche Sicherheitseskorte nicht nötig sein. Sie hatte noch keine Gelegenheit gehabt, es Zahir zu erwähnen, aber nahm an, dass es ihm gleichgültig sein würde. Wenn er nicht mit ihr schlief, war er völlig von Politik und Geschäften vereinnahmt. Er hatte keine Zeit in seinem Leben für irgendetwas anderes.

Plötzlich wurde die Tür zu ihrem Arbeitszimmer aufgerissen und Zahir stürmte herein, mit einem wutverzerrten Gesicht.

„Was soll das heißen, dass du Matta ohne meine Erlaubnis nach Paris mitnimmst?"

„Ich brauche jetzt deine Erlaubnis? Du wusstest, dass ich fahre. Du dachtest doch nicht, dass ich Matta zurücklasse, oder?"

„Du hättest mir deine Absichten mitteilen sollen."

„Ich dachte nicht, dass es sich lohnt, dich damit zu belästigen. Du warst so beschäftigt. Außerdem, wann hätte ich es dir sagen sollen? Wir tun nichts, was Konversation beinhaltet, weder nachts noch tags. Wann genau, denkst du, hätte ich das ansprechen sollen?"

„Du hättest mir schreiben können."

Sie explodierte. „Dir eine Notiz geschrieben. Natürlich. So kommunizieren alle Ehemänner und Ehefrauen. Durch Notizen. Zahir! Du bist unmöglich. Warum sprichst du nie mit mir? Warum hältst du immer noch Abstand von mir, wenn wir doch nicht die Finger voneinander lassen können, sobald wir allein sind? Nein, antworte nicht. Ich weiß warum."

„Warum?"

Sie hob ihre Augenbrauen und zuckte mit den Schultern, perfektionierte diese gleichgültige Haltung, während sie innerlich zerbrach. „Weil du mich nur für Sex willst und dich selbst dafür hasst, dass du jemanden wie mich willst."

„Du irrst dich."

Sie blickte erwartungsvoll auf, wagte es aber nicht zu hoffen. „Nein, ich nehme an, du hasst dich nicht selbst."

„Wie kannst du so wenig von dir halten, dass du dir einbildest, ich wäre nicht stolz darauf, dich um deiner selbst willen zu wollen - dich ganz, deine Vergangenheit und Gegenwart." Er packte ihre Schultern. „Hörst du mich, Anna? Alles von dir. Du bist es, die sich selbst hasst."

„Warum dann die Distanz?"

Er ließ los und zuckte leicht mit den Schultern. „Das ist mein Charakter und daran wirst du dich gewöhnen müssen. Ich bin, wer ich bin, so wie du bist, wer du bist. Ich akzeptiere dich, jetzt musst du mich akzeptieren."

„Ich habe kaum eine Chance, wenn ich dich nur für gestohlene Momente tagsüber sehe und nachts, wenn wir andere Dinge im Sinn haben."

„Das wird sich ändern, nicht wahr, wenn ich mit dir nach Paris komme."

„Nein. Ich gehe allein mit Matta und Muma Yemena. Nur wir."

„Und warum willst du das?"

„Einfach nur für etwas ruhige, normale Zeit mit meinem Sohn."

„*Unserem* Sohn." Er öffnete die Tür hinter sich. „Und ich *komme* mit."

„Um mich zu kontrollieren, um Matta zu kontrollieren? Das ist es, oder?"

Sie wartete auf eine Antwort, die nicht kam.

„Akzeptiere es einfach, Anna. Ich *komme* mit."

Er schloss die Tür und ließ sie wieder einmal allein und in emotionalem Aufruhr zurück. Sie hatte offensichtlich Recht. Sein Kontrollbedürfnis übertraf alles.

Zahir ging mit seiner üblichen Zielstrebigkeit durch die Empfangsräume zurück zu seinem Büro, wissend, dass nichts an ihm den Aufruhr widerspiegelte, den er in seinem Inneren verschlossen hielt. Und genauso gefiel es ihm.

Sie irrte sich. Er hielt Abstand von ihr, weil er keine Wahl hatte. Er konnte es nicht riskieren, ihr näher zu kommen, die Traurigkeit zu lindern, die seiner Meinung nach noch immer tief in ihr steckte. Denn das Einzige, was ihren Schmerz lindern würde, war das Eine, was er nie zugeben konnte. Er rieb seine Hand über seine Narbe und spürte den Herzschlag darunter. Narbengewebe verstärkte die Haut und versiegelte effektiv alles darunter mit einer hässlichen, aber nahezu undurchdringlichen Barriere. Er hatte keine Ahnung, was unter der Narbe lag, und er hatte nicht vor, es jemals herauszufinden.

Und sie irrte sich auch in Bezug auf seinen Wunsch, sie nach Paris zu begleiten. Es war nicht sein Kontrollbedürfnis, das ihn dazu brachte, mit ihr gehen zu wollen. Es war Angst. Angst, dass sie ihn verlassen würde.

KAPITEL 8

Zahir konnte seinen Blick nicht von Anna abwenden.

Sie saß ihm gegenüber und schaute aus dem Fenster auf die grauen Wolken, während sie am Flughafen Charles de Gaulle landeten. Ihre Augen leuchteten von innen heraus, auf eine Art, die ihn traurig machte. So hatte er sie in Qawaran nie gesehen, obwohl sie dort regelrecht aufgeblüht war. Seine Augen wanderten zu ihrer Brust, wo der Flor ihrer Seidenbluse glänzte, wenn sie sich bewegte. Er spürte, wie sich etwas in ihm regte, wie er sie begehrte, so wie er sie immer begehrte. Er hatte gedacht, dass sein Verlangen nach ihr nachlassen würde, sobald sie Liebhaber wären. Aber, dachte er grimmig, es wurde wenn überhaupt noch intensiver und geriet mehr und mehr außer Kontrolle. Er hasste es, die Kontrolle zu verlieren. Er runzelte die Stirn und folgte ihrem Blick.

„Du magst Paris nicht?", fragte Anna, die den Grund für sein finsteres Gesicht offensichtlich falsch deutete.

„Es ist eine Stadt wie jede andere."

Sie lächelte und blickte wieder auf die Stadt, die unter ihnen zum Vorschein kam.

„Na, wenn du es nicht magst, warum bist du dann mitgekommen? Denkst du, ich würde mit deinem Sohn durchbrennen?"

„Was hätte das für einen Sinn? Es gibt keinen Ort, an dem du dich vor mir verstecken kannst. Ich würde dich finden, so wie ich dich schon einmal gefunden habe. Und das weißt du auch."

Er sah, wie sie schluckte und kurz Panik über ihr Gesicht huschte. Er lehnte sich zurück und seufzte. Er war verärgert über sich selbst. Das war ein niedriger Schlag gewesen. Er war wütend auf sie, weil er sie so sehr begehrte und sein Verlangen auf eine Weise wuchs, die er nicht kontrollieren konnte, auf eine Weise, über die er nicht nachdenken wollte. Aber er hätte ihr trotzdem nicht ihre mangelnde Freiheit vorhalten müssen.

Sie erholte sich jedoch schnell und erwiderte seinen Blick mit der gleichen Gereiztheit.

„Warum bist du dann hier? Du scheinst in Qawaran doch immer so viel zu tun zu haben. Ich bin überrascht, dass du wegkonntest. Sag bloß nicht, dass es mein Charme war, der dich von all den wichtigen Dingen weggelockt hat."

„Ich habe geschäftlich in Paris zu tun." Ihr Gesicht verdüsterte sich leicht und er spürte das Echo davon noch stärker in sich selbst.

„Verstehe."

Die Art, wie sie ihr Kinn hob, während sie auf das Flickwerk der Felder unter ihnen blickte, berührte ihn.

Er beugte sich vor, nahm ihr Kinn zwischen seine Finger und drehte ihr Gesicht zu seinem, forschte in den großen, ausdrucksstarken Augen, die ihre Gefühle nicht verbergen konnten.

„Aber nichts, was ich nicht auch von Qawaran aus hätte erledigen können. Ich wollte bei dir sein."

Sein Blut raste, als ihre hoffnungsvollen Augen seine Lippen nachzeichneten. „Ich bin froh, dass du mitgekommen bist."

Ihre Augen waren dunkel vor erwartungsvoller Leidenschaft.

Er sank in seinen Sessel zurück und schloss die Augen, versuchte sein Verlangen zu kontrollieren, sie hier und jetzt zu nehmen.

„Sprich mit mir, Anna. Über irgendetwas."

Sie lachte, weil sie seine Gedanken lesen konnte. „Also Paris. Es ist wie Kaffee mit Sahne."

Er schüttelte den Kopf. „Du, Anna, bist in letzter Zeit besessen von Essen. Das musst du sein, denn ich habe Menschen Paris schon auf viele Arten beschreiben hören, aber noch nie so."

„Nein wirklich. Es ist so eine sahnige Stadt. Ich erinnere mich an das erste Mal, als ich mit Abduallah hier war." Ihr schneller Blick zu ihm galt der Überprüfung, ob er die Erwähnung Abduallah übel nahm. Trotz seiner Liebe zu seinem Bruder konnte er einen Anflug von Eifersucht nicht verhindern. Er unterdrückte ihn sofort. „Ich fand es schöner als alles, was ich je gesehen hatte. Das Licht war so weich, die Gebäude so alt und erhaben, die Menschen so schick."

Er schloss die Augen, um besser sehen zu können, was sie beschrieb. „Es ist all das – und mehr."

„Und ich habe dich hier kennengelernt."

Er spürte, wie er sich zurückzog. „Was ich nie

verstanden habe, war, warum Abduallah dir an diesem Abend nicht in der Hotelbar Gesellschaft geleistet hat. Wo war er?"

Sie blinzelte sanft und schaute hinunter auf die flache Ebene, hinter der die Stadt durch einen nebligen Dunst schimmerte. Aber er wusste, dass sie nicht an die Stadt dachte, ihr Blick war zu abwesend.

„Zahir. Verstehst du es denn nicht? Er war bei Freunden. Wir waren damals nicht zusammen. Wir waren kein Paar mehr, aber er wollte so tun als ob, deinetwegen."

„Meinetwegen. Wovon redest du?"

„Abduallah, er-"

„Wollte nicht zugeben, dass seine Ehe gescheitert war?"

Sie hob kurz die Augenbrauen. „So in der Art."

Er verstand ihren resignierten Tonfall nicht. „Er hätte sich keine Sorgen machen müssen. So etwas passiert eben. Und es hätte die Dinge zwischen dir und mir einfacher gemacht."

„Ich konnte ihn nicht verraten."

Er strich eine Haarsträhne über ihre Schulter zurück. „Und dabei dachte ich, genau das hättest du getan."

„Nein. Ich habe nur mich selbst verraten."

„Und was soll das heißen?"

„Es war das erste Mal seit damals, von dem ich dir erzählt habe, als ich vierzehn war, dass ich mit einem Mann zusammen war."

„Abgesehen von Abduallah, meinst du?"

Sie seufzte. „Lass uns das Thema wechseln." Sie nahm seine Hand, während sie beide aus dem Fenster schauten. „Paris. Es ist eine Stadt zum Spazierengehen." Sie blickte zur Tür, hinter der sie die sich entspannenden

Leibwächter wusste. „Müssen die uns überall hin begleiten?"

„Natürlich."

„Aber wäre es nicht schön, nur einmal allein zu sein? Ich will dich. Ganz für mich allein."

Er lachte. „Du bist ein gieriges, selbstsüchtiges Mädchen."

Sie liebte es, wenn er lachte. Sie studierte sein Gesicht. Die Züge waren entspannt und in seinen Augen funkelte der Humor. Sein kurzes Haar war in letzter Zeit länger geworden und fiel in weichen Wellen zurück, bis es gerade seinen Kragen streifte. Sie fuhr mit ihren Fingern hindurch und genoss nicht nur das Gefühl des dichten Haares zwischen ihren Fingern, sondern auch das Aufflackern der Sinnlichkeit, das bei ihrer Berührung in seinen Augen entflammte. Sie setzte sich ihm absichtlich gegenüber.

„Gierig bin ich? Vielleicht sollte ich aufhören, so gierig zu sein. Ja, ich möchte nicht, dass du mich für so außer Kontrolle hältst."

„Frau", knurrte er „das ist das einzige Mal, dass ich dir sage, nicht auf mich zu hören. Sei gierig." Er beugte sich vor und rieb seine Handflächen fest über ihre Beine.

„Nein", sagte sie geziert „das wäre nicht richtig, nicht mit so vielen Leuten in der Nähe."

„Sie sind auf der anderen Seite einer Tür, durch die sich niemand trauen würde einzutreten, ohne vorher zu klopfen und dann auf meinen Befehl zum Eintreten zu warten."

Seine Hände wanderten ihren Körper hinauf und zogen sie zu ihm. Sie konnte sich dem Sog seines Körpers genauso wenig widersetzen wie der Schwerkraft.

Er küsste sie lang und hart, bis sie unter ihm lag, ihre Hände um seine Hüften geschlungen, ihn fester an sich ziehend.

Dann löste sie sich von seinen Lippen und lächelte. „Jetzt nicht, Zahir. Matta wird bald aufwachen und zu uns kommen."

Wie auf Stichwort wurde ein Klopfen an der Tür mit einem kurzen Befehl zum Eintreten beantwortet, und ein schlaftrunkener Matta stolperte auf sie zu – ein Unschuldiger, der erwartete, dass Arme sich für ihn öffneten, der Beruhigung und Trost erwartete und beides erhielt.

Mit Matta, der halb schlafend quer über Annas Schoß lag, legte Zahir seine Arme um sie beide und küsste ihr Haar.

Sie strich über Mattas Haar und wandte sich Zahir zu. „Und nicht nur den Leibwächtern, warum nicht auch Muma Yemena ein paar Tage frei geben? Ich weiß, sie hat Verwandte in Paris."

„Wie rücksichtsvoll von dir, Anna. Das hat natürlich gar nichts damit zu tun, dass du ihn auch ganz für dich haben willst."

„Ich möchte einfach nur, dass wir zusammen sind, nur wir drei, wie eine *normale* Familie."

„*Normal*? Was ist daran so gut?"

„Alles."

Sie schloss ihre Augen, als seine Hand über ihr Gesicht strich, um ihre Augen und ihren Mund herum.

„An dir ist nichts *normal*."

„Sag das nicht", flüsterte sie.

Sie spürte seine Lippen auf ihren Augenlidern, die noch geschlossen waren, damit er den Schmerz nicht sehen konnte, den seine Worte verursacht hatten.

„Du bist außergewöhnlich auf eine sehr positive, aufregende Art. Gewöhnlich ist für mich etwas ohne Interesse. Öffne deine Augen."

Sie tat es. „Dann sind wir vielleicht zwei Außenseiter, die zueinander gefunden haben."

Er lächelte. „Vielleicht."

Es schmerzte immer noch. Sie rückte weg, als das Flugzeug zweimal auf die Landebahn aufsetzte und der Klang der Bremsen die Kabine erfüllte, das Dröhnen weckte Matta zum zweiten Mal. Sie war froh über Zahirs Ablenkung, als er Matta in seine Arme hob und ihn auf seinen Schoß setzte, damit er aus dem Fenster schauen konnte.

Sie wollte kein Außenseiter sein. Sie wollte sich normal fühlen.

„Also, Matta, was meinst du, sollten wir als Erstes in dieser wunderschönen Stadt machen?"

Matta rieb sich die Augen und spähte aus dem Fenster. „Weiß nicht."

„Etwas ganz Besonderes, denke ich."

„Essen?", schlug Anna vor.

Zahir lachte. „Natürlich. Und was noch, he Matta? Erinnerst du dich, worüber wir gestern Abend gesprochen haben?"

Mattas Augen leuchteten auf. „Disneyland!", rief er.

Später am Nachmittag, mit einem müde nickenden Matta auf Zahirs Schultern, spazierten sie durch die belaubten Straßen des Marais-Viertels, nur ein Leibwächter folgte in diskretem Abstand. Ein warmes Licht flackerte durch das Blätterdach der sonnendurchglühten Blätter auf das Gewimmel von Pendlern, Einkäufern und Menschen, die einfach stehen blieben und die wunderschönen historischen Gebäude des Viertels bestaunten.

„Wo genau ist dein Haus?"

„Ich habe hier zwei Wohnungen. Eine für die Familie direkt an den Champs-Élysées und eine für mich." Er wandte sich dem alten Gebäude vor ihnen zu. „Hier."

Sie blickte das vierstöckige Gebäude hinauf. „Was für ein Haus."

„Ich wollte mitten im Geschehen sein." Er hob Matta über seinen Kopf, hielt den schlafenden Jungen in seinen Armen und betrat nach Eingabe eines Sicherheitscodes den großen Innenhof, der mit riesigen Kübeln voller Orangenbäume bestückt war. Der Sicherheitsbeamte betrat sofort ein angrenzendes Gebäude und ließ die drei zum ersten Mal allein.

Anna schaute sich erstaunt in dem riesigen offenen Raum um. „Wow. Ich hätte nie geglaubt, dass so etwas in einem Gebäude aus dem siebzehnten Jahrhundert existiert."

Die prunkvolle Fassade aus dem siebzehnten Jahrhundert hatte im Inneren dem einundzwanzigsten Jahrhundert Platz gemacht. Die schwarz gestrichenen Holzböden zusammen mit den weißen Putzwänden und der minimalistischen Einrichtung strahlten gleichzeitig Schlichtheit und Luxus aus. Es war durch und durch Zahir.

„Ich habe es nach meinen Bedürfnissen umgestalten lassen."

„Und du *brauchst* einen Swimmingpool, der sich über die gesamte Länge des Hauses erstreckt?", sagte Anna, während sie zur Glaswand ging, die den Pool abtrennte, der von oben durch eine hohe, gewölbte Glasdecke beleuchtet wurde.

„Natürlich. Ich liebe Wasser."

„Ein Wüstenkönig, der Wasser liebt."

„Alle Wüstenkönige haben den größten Respekt vor Wasser."

Zahir legte Matta behutsam auf die Couch und deckte ihn mit einer weichen Angoradecke zu. Sie lächelte und lehnte sich gegen die Wand. Sie liebte es, ihn mit Matta zu beobachten. Sobald er gebettet war, kuschelte er sich zum Schlafen ein, erschöpft von all der Aufregung und den Süßigkeiten.

„Dein Zuhause ist wunderschön."

Er lächelte, seine Lippen kräuselten sich verführerisch, als er sich ihr näherte und ihr die Jacke von den Schultern streifte.

„Ich mag schöne Dinge. Besonders wenn sie auf ihren Ursprungszustand reduziert sind." Er warf die Jacke auf die Ledercouch, bevor er seine Hände um ihre Taille legte.

Sie wand sich lachend weg. „Ich muss Matta ins Bett bringen. Er ist erschöpft. Gut, dass er vorher ordentlich gegessen hat. Er ist völlig erledigt."

Zahir hob ihn vorsichtig hoch. „Ich bringe ihn ins Bett."

Anna nahm einen Schluck von ihrem Wein und beobachtete die Flammen des Feuers, die am Kamin hochleckten und vereinzelte Stücke von flockigem Zeug beleuchteten, die am Kamin klebten, bevor sie sie hinauf in den Nachthimmel schickten. Sie hatte offene Feuer schon immer geliebt, und obwohl noch Sommer war, hatte Zahir ihr den Gefallen getan.

Sie gähnte und streckte sich auf dem Teppich aus. Sie konnte sich nicht erinnern, wann sie sich das letzte Mal so entspannt gefühlt hatte. Sie lächelte, als sie durch die

Gegensprechanlage hörte, wie Zahir Matta auf Bedu gute Nacht sagte. Darauf folgte eine Stille, in der Anna einfach wusste, dass Zahir ihren Sohn geküsst hatte. Sie schloss die Augen und spürte, wie sie vor Rührung brannten. Es war alles, was sie je gewollt hatte, und alles, wovon sie nie zu träumen gewagt hatte.

Anna hörte Zahir nicht wieder ins Zimmer kommen. Sie musste es auch nicht. Sie spürte seine Anwesenheit, als wäre sie etwas Greifbares, wie eine Verschiebung in der Luft, eine Spannung im Äther. Er legte seinen Arm um sie und setzte sich zu ihr auf den Boden vor dem Kamin.

Er seufzte, ein tiefes, zufriedenes Seufzen, das ihr mehr sagte als Worte es je könnten. Sie waren allein, mit der Zukunft vor sich und allem, was noch kommen würde. Zusammen waren sie so stark. Sie streckte ihre Beine aus und legte sie über seine, als gehörte sein Körper ihr. Nichts konnte diese Verbindung zerbrechen. Nichts. Sie neigte ihren Kopf nach oben, lehnte sich an seine Schulter und hörte das Feuer zischen, als eine Flamme an einem harzigen Holzstück knabberte und das Licht über die Decke tanzte.

„Danke für heute. Es bedeutete mir alles. Es war einfach wunderbar."

„Du warst es, die es wunderbar gemacht hat. Nicht ich. Du bist es, die diese Dinge geschehen lässt, sie zum Laufen bringt, sie vervollständigt."

Die Worte kamen direkt aus seinem Herzen, das konnte sie im Klang seiner Stimme und in der Einfachheit seiner Worte spüren. Wann immer er etwas Wichtiges sagte, formulierte er es in den einfachsten Worten. Und das war er, dachte sie. Ehrlich, aufrichtig. Ein wirklich *guter* Mann. Jemand, dem man alles anvertrauen konnte.

Vielleicht sogar die Wahrheit. Außer, dass er die Wahrheit über Abduallah nicht wissen wollte.

Sie bewegte sich unruhig. „Zahir. Über Abduallah, ich-"

Er runzelte die Stirn. „Du musst mir nichts erzählen. Ich habe dir einmal gesagt, dass meine Erinnerung an Abduallah, wie er war und wofür er stand, mir wichtig ist."

„Aber-"

Er brachte sie mit seinem Finger zum Schweigen, bevor er ihre Lippen nachzeichnete. „Aber nichts. Alles, was ich wissen muss, ist hier, in den Linien deines Körpers, der Kurve deiner Lippen. Ich muss nichts weiter wissen." Er küsste ihr Haar. „Ich vertraue dir, Anna, wie ich noch nie jemandem vertraut habe."

Und sie konnte es in seinen Augen sehen. Sie waren zum ersten Mal überhaupt nackt, ungeschützt. Aber tief in ihr drin gab es immer noch eine schwankende, flackernde Angst, die sich nicht auslöschen lassen wollte.

Er küsste sie, beruhigte ihren Geist, drängte die Angst zurück, bis sie keinen Gedanken mehr daran verschwendete. Wie bei allem, was er tat, war sein Geist völlig auf sie fokussiert, seine Lippen bewegten sich über ihre mit Kraft und Leidenschaft, aber diesmal auch mit einer exquisiten Sanftheit, die überwältigender war als alles zuvor.

Sie öffnete ihren Mund unter seinem und er zog sich zurück und berührte ihre Lippen, sein Finger umkreiste ihren Mund, bevor ihre Lippen sich um seinen Finger schlossen und ihre Zunge seine Länge erkundete. Sie beobachtete, wie seine Augen sich verdunkelten, während sie sich auf ihre Lippen konzentrierten. Er zog seinen

Finger langsam zurück und küsste sie wieder mit der gleichen Intensität, aber tiefer, kräftiger nun.

Langsam schob er die Knöpfe ihrer Bluse durch jedes Knopfloch, nahm sich nach jedem Zeit, die Bluse weiter zu öffnen und einen Kuss auf jeden neu enthüllten Zentimeter Haut zu setzen.

Er lächelte, als würde ihm ein Festmahl präsentiert, als er die aufgeknöpfte Bluse öffnete und sich erneut hinabbeugte, seine Lippen Küsse über ihren Bauch und bis zu ihrem BH verteilten. Er küsste ihre Brüste über dem BH, machte keine Anstalten, ihn zu öffnen. Seine Zunge folgte der Kurve des Satins. Ihr Herz hämmerte. Seine Hände hielten sie fest, sodass sie sich nicht bewegen konnte. Es war die exquisiteste Folter. Sie wollte reagieren. Sie versuchte ihre Beine zu bewegen, ihre Hüften, aber er setzte sich leicht auf sie, sodass sie sich nicht bewegen konnte. Dann öffnete er sehr langsam ihren BH und schob das zarte weiße Satinteil sanft beiseite.

Ihre Brüste hoben und senkten sich unregelmäßig mit ihrem stoßweisen Atem, ihre blassen Brustwarzen richteten sich erwartungsvoll auf. Das langsame Lächeln senkte sich erst auf die eine, dann auf die andere. Ein zarter Biss und ein langes, langsames Saugen, bevor er zur anderen überging. Die Spannung seiner Berührung vertiefte sich in ihr, rührte und zog, als wäre sie in einem Netz der Begierde gefangen, in dem die kleinste Bewegung entsprechende Wellen erzeugte, die die ursprüngliche Stimulation verstärkten.

Sie hob ihren Kopf zu seinem, aber er bewegte sich nur zurück und lächelte. „Nein, *habibti*, leg dich zurück. Ich möchte mit dir Liebe machen."

Sie schmolz bei seinen Worten dahin. Sie hatten viel

Sex gehabt, aber dies war das erste Mal, dass diese Worte seine Lippen verließen. Und sie wollte geliebt werden - mehr als alles andere. Also lag sie da wie eine angebetete Marionette, während er an ihren Fäden zog und sie mit seinen Lippen, seiner Berührung zum Leben erweckte.

Er bewegte sich nach unten, schob ihre Kleidung weg, jetzt etwas schneller, bemerkte sie, als seine eigene Kontrolle zu schwinden begann. Und seine Lippen senkten sich auf ihre Schenkel, liebkosten sie mit einem Gefühl, das sich durch jede einzelne Nervenendung in ihrem Körper mitteilte.

Sie fiel zurück in einen seligen Halbzustand der Hingabe an die Schauer der Begierde, die durch ihren Körper liefen und jeden denkenden Teil ihres Gehirns absorbierten. Es gab nur noch Empfindung jetzt, und Zahir. Die beiden waren untrennbar verbunden. Sie bewegten sich als eins, während Zahir mit seinem Mund und seiner Zunge Magie erschuf, die sie mit jeder Berührung weiter an einen Ort brachte, der weniger mit dem Physischen und mehr mit dem Emotionalen verbunden war.

Es stieg spiralartig und schnell aufwärts und als sie seine Schultern umklammerte, erfüllten ihre Schreie den Raum. Erst dann erhob er sich, zufrieden. Mit seiner charakteristischen minimalen, effektiven Bewegung drehte er sich um, riss seine Krawatte ab, streifte seine Jacke ab und entledigte sich der restlichen Kleidung.

Sie beobachtete in einem Zustand tiefer Entspannung, lächelnd über die Schönheit seines Körpers, wie er sich langsam enthüllte. Die Breite der Schultern und die Kraft der Muskeln darunter. Seine Taille war nicht die eines schlanken Jünglings, sondern genauso stark und muskulös wie der Rest seines Körpers. Es war der Körper eines Mannes, mit seinen Narben, Muskeln und Sehnen. Es war der Körper *ihres* Mannes.

Er drehte sich um und blickte auf sie herab und sein Atem stockte in seiner Brust. Sie war so schön. Er schob seine Handflächen ihre Beine hinauf, ihre Schenkel, ihr Geschlecht, ihren Bauch, ihre Brüste, bevor er seine Finger in ihr Haar schob und ihren Mund zu seinem in einem Kuss brachte, der ein Versprechen dessen war, was noch kommen würde. Dann kostete er ihren Hals, ihre Brüste, ihre Schulter - hielt alle paar Sekunden inne, um zu beobachten, wie sich ihre Haut mit Gänsehaut überzog - bevor er weiterging, seine Nase in ihr Haar vergrub und tief ihren Duft einatmete. Es war nicht das Parfüm, das Shampoo, sondern sie. Sie hatte eine Frische der Reinheit - von frisch gemähtem Gras, von einem Tag am Strand, von der Wüste nach einem Regenschauer. Er musste nicht mehr von ihr wissen als dies. Dies war ihre Essenz.

Er zog sich zurück und kniete sich vor sie, hob ihre Hüften an, um in sie einzudringen. Mit ihren Beinen fest um ihn geschlungen und tief in ihr vergraben, spürte er das vertraute Gefühl intensiver Erregung und zugleich tiefer Erleichterung. Er fühlte sich zu Hause. Sie erschauerte unter ihm und ließ ihren Kopf zurückfallen, ein Echo der gleichen Wonne, die ihn erfüllte.

Sein Körper reagierte auf die Stimulation seiner Sinne, wie es bei ihr immer der Fall war, indem er tief in sie eindrang und nach dem intensivsten Kontakt suchte. Sie bewegte sich um ihn herum und gegen ihn, suchte nach noch mehr Stimulation, und er staunte über ihre Zierlichkeit unter seinen Händen. Seine Finger umschlossen ihre

Hüften und ihr Gesäß: so zart, dass er spürte, wie er sie vollständig ausfüllte.

Er spürte wieder das überwältigende Bedürfnis, sich um sie zu kümmern, sie zu beschützen, gegen das er gekämpft hatte, seit er erfahren hatte, dass sie nicht sein werden konnte. Er hatte erneut dagegen gekämpft, als sie nach Qawaran gekommen war, und sich eingeredet, dass er nur Lust empfand, die befriedigt werden musste. Aber jetzt fühlte er, dass er nicht länger dagegen ankämpfen konnte und ließ zum ersten Mal zu, von seinem Bedürfnis sie zu halten und zu behüten überwältigt zu werden.

Seine Hände zogen sie an sich und mit jeder ihrer Bewegungen gegen und mit seinem Stoßen wurde ihm klar, dass sie ihm genauso die Liebe machte, wie er ihr. Und es fühlte sich richtig an.

Seine Lippen suchten die ihren und sie teilten einen Kuss, der sich von ihren anderen Küssen so sehr unterschied wie Tag von Nacht. Das Feuer war noch da, aber auch ein Verlangen, das nicht egoistisch war, sondern gebend und freudig. Verbunden fielen sie zur Seite, bewegten sich gegeneinander, nicht hemmungslos, sondern mit sinnlicher Sorgfalt, wie eins.

Langsam, ganz langsam lösten sich ihre Lippen und Anna fiel zurück auf den Teppich. Dort blieben sie, ihre Augen aufeinander gerichtet, während er weiter stieß und sich zurückzog, rhythmisch wie die Ebbe und Flut der ständigen Bewegung des Sandes, der die Dünen formte und neu formte, die wie Wellen durch die Wüste rollten. Erst nachdem sie aufgeschrien hatte, ließ er seine eigene Kontrolle los und überließ sich der Wonne überwältigender Empfindungen.

Sie lagen zusammen und beobachteten schweigend,

wie die Dunkelheit hereinbrach. Anna lag in seinen Armen gekuschelt, wie sie noch nie bei ihm gelegen hatte. Sie wusste, dass sich für ihn etwas verändert hatte und dadurch hatte es sich auch für sie verändert. Aber sie wagte nicht zu fragen, nachzuforschen oder ihn um eine Erklärung zu bitten, aus Angst, etwas von der Magie zu zerstören, die sie spürte. Sie *wusste*, es war besser, wenn es nicht erklärt wurde. Denn was sie wusste, war, dass sie gerade zum ersten Mal miteinander Liebe gemacht hatten. Und die Dinge würden nie wieder sein wie zuvor.

Sie wollte die letzten vierundzwanzig Stunden für immer festhalten. Es waren die besten in ihrem Leben gewesen. Sie hatte Zahir kennengelernt und seine Stärken und Verletzlichkeiten entdeckt. Und es waren seine Verletzlichkeiten gewesen, die ihr Herz berührt hatten.

Ihr Herz. Sie hätte nie gedacht, dass sie von ihrem Herzen sprechen würde. Sie lächelte, ihre Lippen bewegten sich gegen seine warme Haut, als sie sich kräuselten. Sicher hatte sie sich ihre Nähe nicht nur eingebildet? Er wollte mehr als nur seine Leidenschaft mit ihr ausleben, er war liebevoll und zärtlich und rücksichtsvoll. Nein, das konnte nicht nur ihre Einbildung sein. Vielleicht, nur vielleicht, hatte sie bei ihm ein Zuhause gefunden.

KAPITEL 9

Zahir lag die meiste Nacht wach in einem Zustand erhöhter Aufmerksamkeit. Er hatte die explosive Geräuschkulisse der Vögel gehört, die seinen Garten und die umliegenden Parks und Plätze bewohnten, und beobachtete, wie das blasse, milchige Morgenlicht eines bewölkten Tages seinen Weg durch das Astwerk vor dem Schlafzimmer in den großen Raum fand und Schattenspiele aus Hell und Dunkel an die weiße Wand warf.

Hunderte Male hatte er hier gelegen und dasselbe beobachtet, aber noch nie hatte es sich so angefühlt.

Sommerverrücktheit, dachte er bei sich, während er Annas gleichmäßigen Herzschlag unter seiner Hand spürte. Aber er wusste, dass es nicht wie die Jahreszeiten vorübergehen würde. Der Herbst würde kommen, die Blätter würden fallen, und er würde Anna immer noch begehren. Der Winter würde seine Verwüstungen anrichten, aber seine Leidenschaft würde unverändert bleiben. Und dann würde wieder der Frühling kommen, mit seiner Erneuerung und einer Verstärkung all dessen, was gut war.

Und jetzt wusste er, was gut war.

Er spürte, wie sie sich unter seiner Berührung bewegte. Sie räkelte sich sinnlich im Bett. Er liebte ihre Bewegungen, als ob ihr Körper den Kontakt mit dem Laken genießen würde, Freude an dessen Berührung fände und sich sensibilisierte für alles, was der Tag bringen würde.

Sie stöhnte leicht auf und rollte sich zu ihm, knabberte spielerisch an seiner Seite, während sie ihren Kopf neben seinen schob. Sie lächelte.

„Ich hatte gerade den erstaunlichsten Traum."

„Von mir?", fügte er hinzu, wohl wissend, dass seine Arroganz sie amüsieren würde.

Sie schüttelte den Kopf. „Du bist hoffnungslos. Nein, nicht von dir." Sie runzelte die Stirn. „Eigentlich von deiner Abwesenheit." Sie warf ihm einen Blick zu, um sicherzugehen, dass er nicht beleidigt war, und er zwang sein Gesicht zu einem höflichen Lächeln.

„Von meiner Abwesenheit?" Er brummte.

„Ich träumte, ich wäre eine ausgebildete Anwältin, würde um die Welt reisen und könnte jeden Fall annehmen, den ich wollte."

„Du und deine Freiheit, schon wieder!" Er versuchte, nicht ernst zu klingen, versuchte die Wunde zu verbergen, die ihre Worte geschlagen hatten, und ihrem Gesichtsausdruck nach zu urteilen, war es ihm gelungen.

Sie lächelte. „Ja, ich und meine Freiheit." Sie rollte sich herum, als wolle sie aus dem Bett steigen, aber er ergriff ihre Hand. Er wollte nicht, dass sie ihn verließ, besonders nicht mit dem Wort *Freiheit* auf den Lippen. Früher oder später würde er sich damit auseinandersetzen müssen. Aber nicht jetzt.

„Wo glaubst du, gehst du hin?"

Anna lachte und fiel zurück ins Bett. „Zu Matta. Er muss inzwischen wach sein."

„Lass schlafende Jungs schlafen."

„Das sieht ihm gar nicht ähnlich. Normalerweise springt er um diese Zeit schon an den Wänden hoch."

„Er schläft noch tief und fest, sonst hätten wir ihn schon über die Sprechanlage gehört. Er ist müde von all der Aktivität gestern. Er braucht den Schlaf."

„Du meinst, es kommt dir gelegen, wenn er schläft."

„Zufälligerweise stimmt das auch." Zahirs Hand umfasste ihre Taille und strich sanft an ihrem Körper hinauf, bevor er sie noch einmal zu sich zog. „Wo waren wir stehengeblieben?"

Bevor Anna protestieren konnte, stellten Zahirs Lippen sicher, dass sie nirgendwo hinging.

Es verging eine weitere Stunde, bevor sie zum Duschen ging.

Zahir konnte sich nicht erinnern, wann er sich je so im Frieden gefühlt hatte. Er lauschte dem Rauschen der Dusche, das sich mit dem Regen vermischte, der jetzt schräg gegen das Fenster prasselte, und genoss das tiefgehende, schwere Gefühl, das ihn überwältigte. Wie hatte sie das geschafft? Wie war sie an den Punkt gekommen, an dem sie sein Herz erobert hatte? Er hatte es nicht einmal kommen sehen. Weil es keine Strategie gab, die man hätte durchschauen können. Weil sie es einfach dadurch geschafft hatte, dass sie Anna war: gebend und großzügig. Raffiniert. Er lächelte. Er hätte wissen müssen, dass der einzige Weg, ihn zu besiegen, Methoden waren, die ihm völlig fremd waren.

Er richtete sich im Bett auf, als sie aus der Dusche kam, und beobachtete, wie sie sich anzog.

„Glaubst du, das ist eine Zuschauersportart?", sagte sie, ohne über ihre Schulter zu schauen.

„Durchaus. Es sei denn, du möchtest daraus einen Mitmachsport machen." Er machte Anstalten, aus dem Bett zu steigen.

„Nein!", kicherte sie. „Bleib im Bett. Ich muss Matta wecken und fertig machen."

„Ich sagte dir doch, wir hätten seine Amme mitbringen sollen."

Sie setzte sich auf die Bettkante. Er strich eine Haarsträhne zurück, die ihr über die Schulter fiel. Sein Finger liebkoste die Klammer ihres Lächelns.

„Zahir. Wir sind jetzt eine Familie. Wir brauchen keine Amme."

Er hatte nicht gedacht, dass er noch mehr empfinden könnte, als er es bereits tat. Aber er hatte sich geirrt. Er zog sie zu sich und küsste sie sanft auf die Lippen.

Als er sich wieder zurücklehnte, strich seine Hand über ihr Haar, ihren Rücken und verweilte auf ihrem Hintern.

„Dann geh, mach Matta fertig, und wir werden einen Familienausflug machen."

Sie lachte. „So normal." Sie stand auf und ging zur Tür. Dann schaute sie mit leichtem Stirnrunzeln zurück. „Weißt du, das war es, was ich mir immer gewünscht habe."

„Und jetzt? Reicht dir ‚normal' oder sehnst du dich immer noch nach Freiheit? Der Freiheit, die Frau zu sein, von der du immer geträumt hast, ungehindert von einem anspruchsvollen Ehemann?" Er überdeckte den Ernst seiner Frage mit einem Lächeln. „Sag mir, Anna. Was willst du am meisten?"

Ihr Stirnrunzeln verwandelte sich in ein Grinsen. „Ich bin eine Frau, Zahir. Ich will alles." Damit verließ sie den Raum. Sie mochte es leicht nehmen, aber er wusste, dass sie die Wahrheit sprach. Er spürte, wie sein Licht verblasste. Vielleicht würde er nie genug für sie sein, um ihre Vergangenheit auszulöschen, damit sie glaubte, dass sie zusammen alles hätten, dass sie nicht weiter nach diesem schwer fassbaren Etwas suchen müsste, das sie immer weiter zu diesem Ziel der Freiheit trieb.

~

AUF DEM RÜCKWEG vom Mittagessen schwangen Zahir und Anna Matta auf drei zwischen sich hin und her, während er vor Freude quietschte.

Der Regen hatte zu einem leichten Nieseln nachgelassen, und Matta, der sich gern an die Regentage in New York erinnerte, hatte darauf bestanden, im Regen zu laufen. Lachend blieben sie vor einer hell erleuchteten Bar stehen.

„Schau mal, Mama, da ist Onkel James." Er zeigte auf einen großen Mann mit sorgfältig zerzaustem blondem Haar und einem riesigen, freundlichen Grinsen, der gerade die Bar betreten wollte. „Onkel James!" Matta rannte zu dem Mann, dessen Gesicht beim Anblick des Jungen noch mehr aufleuchtete.

„Mattie! Sieh dich an! Du bist so groß geworden. Bald bist du so groß wie dein Papa."

Zahir spürte, wie Wut seinen Körper durchflutete. Wer war dieser Fremde, der Matta in die Luft hob? Stirnrunzelnd blickte Zahir zu Anna, die den Fremden anlächelte, bevor sie Zahirs Blick fest erwiderte.

„Zahir." Anna ging zu Matta und dem Fremden hinüber. „Das ist James."

James küsste Anna auf beide Wangen, und Zahir konnte sehen, dass zwischen ihnen eine echte Zuneigung bestand. Dann wandte sich James ihm zu.

„Abdies Bruder. Das musst du sein. Ihr seht euch so ähnlich."

James streckte seine Hand aus, die Zahir widerwillig ergriff.

„Abduallahs Bruder, wenn du den meinst."

Matta hing an James' Arm.

James lächelte, ein breites, entwaffnendes Grinsen. „Genau der. Und du bist genauso, wie er dich beschrieben hat."

„Wirklich." Zahirs kühle Antwort war zurückhaltend im Vergleich zu der kalten Wut, die seine Adern füllte.

Anna blickte von einem zum anderen. „Also, James, was führt dich nach Paris?"

„Arbeit – und Vergnügen. Immer Vergnügen." Er lachte.

Zahir beobachtete, wie sie sich ungezwungen unterhielten, bevor Anna das Gespräch nach einem schnellen Blick zu ihm beendete.

„Wir müssen gehen. Aber pass auf dich auf."

Es folgten weitere Küsse, bevor sie die Straße weitergingen. Zahir drehte sich einmal um und sah, wie James in der Bar verschwand – sein Blick wurde von dem kurz sichtbaren Inneren und der auf die Straße dröhnenden Musik angezogen.

Schweigend gingen sie die Champs-Élysées hinauf, der laute Verkehr übertönte Mattas ununterbrochenes Gespräch mit Anna und ihre geduldigen Antworten. Zahir spürte, wie er sich in sich selbst zurückzog. Seine erste Verteidigungslinie, das wusste er. Aber im Moment machten die Auswirkungen dessen, was er gerade gesehen hatte, es notwendig.

Sie bogen in eine Seitenstraße ein und hielten vor einem imposanten Stadthaus.

„Das ist es?"

„Ja."

Annas Augenbrauen hoben sich. „Du meinst das ganze Haus?"

„Natürlich. Meine Schwester bewohnt nur einen Flügel, und der Rest ist für Familienbesuche."

Die Tür schwang auf und sie wurden von einem Diener hineingeführt und in den eleganten Salon geleitet, wo Zahirs Schwester Firyal – größer als das Leben – umgeben von ihrer überdurchschnittlich großen Familie Hof hielt.

Anna beobachtete Zahir besorgt. Ihm konnte nicht entgangen sein, dass Abduallahs enger Freund James schwul war und eine Schwulenbar betreten hatte. Aber er hatte keinen Kommentar abgegeben. Anna setzte sich hin, um ihrer Schwägerin zuzuhören, die sie nur einmal bei der Hochzeit getroffen hatte, und beobachtete ihre Kinder beim Spielen.

Es überraschte sie nicht, als Zahir sich nicht zu ihnen gesellte.

„Firyal, ich muss gehen. Ich habe geschäftlich zu tun."

Firyal nickte anmutig, obwohl sie offensichtlich erwartet hatte, dass er bleiben würde. Es schien, als ob seine Schwestern und Familie alle so handelten, als wäre Zahir Gott. Kein Wunder, dass er so schockiert war von Annas Umgang mit ihm.

„Anna." Er nickte und Anna sprang auf und begleitete ihn zur Tür.

„Zahir, willst du reden? Willst du irgendetwas wissen?"

Er schüttelte den Kopf. „Was ich will, ist für eine Weile wegzukommen."

„Soll ich mitkommen? Ich bin sicher, Firyal wird auf Matta aufpassen."

Er schüttelte den Kopf und zog die Tür vor ihr zu. Es gab so vieles, was sie ihm sagen musste, so vieles, womit sie ihn beruhigen wollte. Aber sie fühlte sich hilflos angesichts seiner Unnachgiebigkeit. Er war ein Einzelgänger. Gewohnt, Dinge alleine zu tun, alleine zu verarbeiten. Sie drehte sich um und ging zurück in den Salon. Sie hoffte nur, dass er die richtigen Schlüsse zog.

Der Nachmittag zog sich dahin, während Anna die Zeit mit Zahirs Schwester verbrachte – einer Frau, mit der sie außer den Kindern wenig gemeinsam hatte. Matta spielte und unterhielt sich ungezwungen mit seinen Cousins und seiner Tante und deren Freunden. Sie war stolz darauf, wie leicht er sich einfügte, und erleichtert zu sehen, wie seine umgängliche Art die Menschen für ihn einnahm. Das Leben würde für Matta nicht so schwer sein wie für seinen Vater.

Anna konnte nicht anders, als immer häufiger auf ihre Uhr zu schauen. Stunden waren vergangen und noch kein

Zeichen von Zahir, keine Nachricht auf ihrem Handy. Sie kannte ihn mittlerweile so gut und wusste, dass er Zeit für sich brauchte. Aber sie hatte auch Angst. Was passiert, wenn die festgelegten Parameter in der Welt eines starken Mannes zerfallen; wenn ein fest verankerter Glaube sich vor deinen Augen in Luft auflöst? Die Tatsache, dass es keine äußerliche Reaktion gab, nicht einmal ein Zucken im Gesicht, das den Aufruhr verriet, von dem sie wusste, dass er in ihm tobte, beunruhigte sie nur noch mehr.

„Mach dir keine Sorgen um Zahir. Er ist ein vielbeschäftigter Mann."

„Ich weiß. Es ist nur –"

„Du machst dir Sorgen um ihn? Das ist das Los einer Frau. Warum lässt du Matta nicht bei mir. Lass ihn die Nacht bei seinen Freunden verbringen und zur Geburtstagsfeier seines Cousins gehen. Dann kannst du dich auf Zahir konzentrieren."

Anna lächelte zustimmend. Anna konnte nicht *nein* sagen, selbst wenn sie es gewollt hätte, weil sie wusste, dass Zahir sie brauchte. Firyal verstand nicht, was los war, aber da Matta Spaß hatte, stimmte es, dass es ihnen die Gelegenheit geben würde, das Gespräch zu führen, von dem sie wusste, dass sie es mit ihm führen musste. Um sicherzustellen, dass er alles über Abduallah vollständig verstand.

Zahir wusste nicht, wie lange er durch die Straßen von Paris lief. Sein Jackenkragen hochgeschlagen, ein schwacher Schutz gegen den nieselnden grauen Regen. Als jemand schrie, schaute er auf und hielt an, gerade bevor ein Taxi vor ihm vorbeifuhr. Er winkte dem Mann zu, der ihm das Leben gerettet hatte.

Er hob sein Gesicht in den Regen und hoffte, dieser

würde die Qual wegwaschen, die seit dem ersten Anblick von Abduallahs Freund James in ihm wuchs. James kam so offensichtlich aus einer Welt, von der Zahir nichts wusste: eine Welt, in der James Abduallah nahegestanden hatte, eine Welt, von der Zahir ausgeschlossen gewesen war. Zwei Welten: völlig gegensätzlich, und Abduallah hatte geglaubt, er könne nicht zu beiden gehören. Wenn Zahir das nur gewusst hätte. Aber natürlich hatte er es gewusst – tief in seinem Inneren – er hatte nur nicht darüber nachdenken wollen. Es passte nicht in eine seiner ordentlichen Schubladen.

Er schloss die Augen und lehnte sich gegen einen Baumstamm am Rand des Boulevards, ohne die neugierigen Blicke der Passanten zu beachten. Die nasse, glitschige, aber grobe Rinde bohrte sich in seinen Rücken, und er genoss das Unbehagen. Wenigstens spürte er etwas anderes als den Schmerz, seinen liebsten Bruder im Stich gelassen zu haben.

Er hatte ihn im Stich gelassen. Er hatte ihn getötet. Nicht Anna, nicht ihre Familie. Er war es gewesen.

Und mit diesem Wissen würde er jeden Tag seines Lebens leben müssen.

„Nein", das Wort kam wie ein leises Stöhnen heraus. Zahir bewegte sich vom Baum weg und ging zur Pont Neuf. Er umklammerte den feuchten Stein, als hinge sein Leben davon ab, und beobachtete, wie die Seine glatt unter der Brücke durchfloss, ihre vom Regen gezeichnete Oberfläche graugrün unter dem dunkler werdenden Himmel. Und er dachte an seinen Bruder: seinen Schmerz, sein Leid und seine Liebe. Er spürte, wie der kalte Schmerz ihn erfüllte, und er hoffte, dass er nie vergehen würde.

Anna wartete, während sich die Dunkelheit im leeren Haus ausbreitete. Selten war sie allein, und sie spürte die Schwere der Stille um sich herum, ließ sie sich setzen und gab ihr Zeit und Ruhe zum Nachdenken.

Sie hatte Angst. Wie würde Zahir die Entdeckung aufnehmen, dass Abduallah schwul war? Wie würde das die kostbare Erinnerung beeinflussen, die Zahir von ihm hatte? War er wirklich so im Machismo verhaftet, wie Abduallah geglaubt hatte? Und was würde Zahir vor allem von ihr denken? Verheiratet mit einem schwulen Mann – wenn auch nur für wenige Wochen. Würde er denken, sie hätte ihn geheiratet, wohl wissend um seine sexuelle Orientierung, nur um Teil von Abduallahs wohlhabender Familie zu werden? Sie hatte keine Ahnung. Sie wusste nur, dass die Enthüllung Zahir bis ins Mark erschüttert hatte und dass dies Auswirkungen auf alles andere haben würde. Sie musste einfach abwarten.

Sie musste eingenickt sein, denn als sie aufwachte, warf ein verschleierter, regennasser Mond sein schwaches Licht über sie, wie sie auf der Chaiselongue vor den französischen Fenstern lag. Es war spät. Die lange Dämmerung war in ein dichtes, nebliges Indigolicht übergegangen. Sie bewegte sich, rieb sich die Augen und fragte sich, was sie geweckt hatte. Die Tür schloss sich leise und Zahir betrat den Raum, schaltete eine gedämpfte Lampe ein.

Er sah erschöpft aus, grimmig. Er stand über ihr, sein Haar zerzaust, seine Kleidung durchnässt, Wasser sammelte sich auf dem Holzboden, die Tropfen von seinem Ärmel bildeten sich ausbreitende dunkle Flecken auf der Decke, die sie bedeckte. Sie erschauderte und wich instinktiv zurück. Sie sah einen Fremden vor sich.

„Du hast versucht, es mir zu sagen, nicht wahr?"

Sogar seine Stimme klang fremd in ihren Ohren: rau, unbenutzt. Sie nickte, aber er sah es nicht; er drehte sich um und wiederholte die Frage.

„Du hast versucht, es mir zu sagen, nicht wahr?"

„Ja, das habe ich versucht."

„Du hättest dich mehr anstrengen können, Anna."

Sie schüttelte den Kopf, die Ungerechtigkeit gab ihr die Kraft, sich diesem Fremden zu stellen. „Das ist nicht fair. Ich habe es versucht, aber du hast deutlich gemacht, dass du nicht hören wolltest, was ich zu sagen hatte."

„Eine Schwulenbar. Ein schwuler Mann. War dieser Mann, James, der Liebhaber meines Bruders?"

Der heisere, gequälte Ton, in dem er die letzten Worte aussprach, zerriss ihr das Herz. Sie hatte diesen verletzlichen Ton noch nie bei ihm gehört. Er offenbarte eine Seite von Zahir, die lange verborgen gewesen war, das wusste sie, sogar vor ihm selbst, und es durchbrach ihre Trennung. Er war kein Fremder mehr.

„Ich glaube nicht. Eher sein engster Vertrauter. Soweit ich weiß, lebte Abduallah zölibatär. Er mochte es nicht, schwul zu sein."

„Oh."

Trotz des sanften Prasselns des Regens, der jetzt fiel und vorübergehend das Mondlicht verbarg, konnte Anna eine Fülle von Bedeutung in dem gebrochenen einsilbigen Wort hören.

„Er dachte, du würdest dich für ihn schämen."

„Das tue ich nicht. Ich könnte mich nie für ihn schämen."

Sie stand auf, ging zu ihm und legte eine Hand auf

Zahirs Arm. „Was hat ihn dann denken lassen, du würdest es tun?"

Zahir zuckte mit den Schultern. „Ich vermute, ich selbst. Die Person, die ich bin: der Kämpfer, der Geschäftsmann, immer hart, immer Schwarz oder Weiß."

„Abduallah kannte dich nicht, und ich glaube, du kennst dich selbst nicht einmal. Das ist nicht die Person, die du bist. Nicht tief drinnen."

„Und dann ist da noch unsere Kultur, unsere Gesellschaft. Sie ist stark, aber nicht unbeweglich."

„Abduallahs Schwierigkeit lag darin, sich selbst zu akzeptieren. Er dachte, du würdest ihn nicht billigen, er dachte, er würde nicht dazugehören, aber mehr noch konnte er seine eigene Natur nicht akzeptieren. Er hasste sich selbst."

„Nein", das Stöhnen formte kaum das Wort.

„Es tut mir leid, aber es stimmt."

„Und ich dachte, du wärst es – wenn auch indirekt, dass *du* und deine Verbindungen für seinen Tod verantwortlich wären."

„Zahir, *ich* habe versucht, ihn zu retten. Ich habe ihn unwissend geheiratet und ließ mich scheiden, sobald ich die Wahrheit erkannte. Ich war geschieden, als wir nach Paris kamen. Ich bin nur mit ihm gekommen, um dich zu sehen, weil er mich darum angefleht hat, weil ich ihm helfen wollte. Ich wollte, dass er an sich glaubt. Seine Freunde, Freunde wie James, wollten ihm helfen. Er hatte die Wahl und er entschied sich gegen das Leben." Sie blickte hinunter auf den regennassen Innenhof unter dem Fenster. „Nicht einmal für Matta."

Zahir drehte sich dann um, sein Gesicht müde, seine Augen unsagbar traurig.

„Du irrst dich, Anna. Ich war verantwortlich für den Tod meines Bruders. Ich dachte, du wärst illoyal, aber du warst loyal zu Abduallah, und dafür danke ich dir. Du hast ihm die Treue gehalten bis zum Ende – und darüber hinaus – du hast sogar für ihn gelogen, als es nicht in deinem Interesse war. Ich dachte, du wärst das Gegenteil von dem, was mir wichtig war, dabei warst du viel loyaler, als ich es je sein könnte."

„Nein, Zahir, das ist lächerlich. Du hast getan, was du konntest."

„Aber es war nicht genug, oder?"

Die Bitterkeit in seinem Ton erschütterte sie.

Anna kniete sich aufs Bett und presste ihren warmen Körper an seinen nassen, versuchte ihn zu sich zu ziehen, aber er widersetzte sich, seine Augen sahen sie mit einer Distanz an, die sie erschaudern ließ. Dennoch gab sie nicht auf. Sie legte ihre Hände fest um seine widerstrebenden Schultern, ihre Finger verkrampften sich im feuchten Stoff seines Hemdes.

„Zahir, hör auf damit. Hör auf. Du kannst nicht alles machen. Du kannst nicht alles kontrollieren. Du kannst nicht jeden retten."

Er schüttelte den Kopf. „Du verstehst das nicht. Er *war* die Welt, für die ich gekämpft habe. Ohne das? Wo ist da der Sinn?"

„Schau dir deine Schwestern an, schau dir Matta an. Und Abduallah - er liebte dich bedingungslos für den, der du warst. Also denk nicht, dass deine Opfer umsonst waren. Das waren sie nicht. Sie haben deiner Familie und deinem Volk alles gegeben. Ohne dich hätten sie nichts."

„Aber Abduallah wäre am Leben."

„Das weißt du nicht."

Plötzlich wich die Anspannung aus seinem Körper, als ob etwas Starres, das ihn zusammengehalten hatte, sich gelöst hätte. Sie umfasste seine Wange, das Gesicht, das sonst so fesselnd und arrogant war, jetzt äußerst verletzlich.

„Er ist meinetwegen gestorben."

„Nein." Sie hatte ihn noch nie so trostlos, so außer Kontrolle gesehen. Ihre Hände fanden jetzt keinen Widerstand mehr und sie zog ihn näher zu sich, damit er zuhören musste, verstehen musste. „Nein, das ist er nicht. Er starb, weil er die Karten nicht akzeptieren konnte, die das Leben ihm zugeteilt hatte."

Er blickte mit schmerzerfüllten Augen zu ihr auf. Sie hatte ihn noch nie so gesehen, hätte sich nie vorstellen können, dass er sich von irgendetwas so mitnehmen lassen würde. Er sah sie an, als hätte er kein Wort gehört, das sie gesagt hatte, als hätte er die Berührung ihrer Hände auf seinem Körper nicht gespürt.

Er schloss die Augen, verloren in einer Welt des Schmerzes, die er mit niemandem teilen wollte. „Er wandte sich von seiner Familie ab, weil er glaubte, wir könnten nicht verstehen und würden ihn verurteilen."

„Du kanntest ihn nicht, aber er kannte dich auch nicht." Sie schlang ihre Arme um seinen Rücken, verschränkte ihre Finger ineinander und war erschrocken, als sie ihn zusammenzucken fühlte. Aber sie weigerte sich, ihn loszulassen.

„Versuch nicht, mich zu trösten. Es gibt keinen Trost."

Aber sie ließ sich nicht wegdrängen und hielt ihn noch fester.

Er wehrte sie sanft, aber bestimmt ab, schob ihre Arme

weg, bis sie wütend wurde und ausholte. Er fing ihre Hand und blickte nach unten.

„Ich will deinen Trost nicht. Verstehst du das nicht?"

„Pech. Du bekommst ihn, ob du glaubst, dass du ihn willst oder nicht."

Da lächelte Zahir. „Erinnerst du dich, Matta hat dir gesagt, du sollst mich nicht ausschimpfen, wenn ich etwas falsch gemacht habe."

„Und seit wann höre ich auf den Rat meines Sohnes?"

Er schüttelte den Kopf. „Noch eine Sache, sag mir, wollte Abduallah nach Hause kommen?"

Es zerriss ihr das Herz, ihn so am Boden zerstört zu sehen, aber diesmal musste sie die Wahrheit sagen, egal was die Konsequenzen waren.

„Nein. Er konnte dir nicht gegenübertreten."

Er wandte sich ab, damit sie sein Gesicht nicht sehen konnte, und zog sie blind zu sich, sein Arm schlang sich um ihre Taille und zog sie an seinen Körper. Und sie hielt ihn, wie sie Matta gehalten hätte, wenn er zu ihr kam und Trost suchte.

„Zahir", sagte sie sanft. „Du hättest nichts tun können. Abduallah war schon auf dem Weg zur Selbstzerstörung, bevor ich ihn kennenlernte. Er war ein Mann, der mit sich selbst nicht zufrieden war und nicht bereit war, der Wahrheit über sich selbst ins Auge zu sehen. Nicht einmal seine Liebe zu Matta konnte ihn retten."

Er wandte sich ihr zu und sie hatte sein Gesicht noch nie so offen, so trostlos gesehen. Es war, als wäre alles Leben aus ihm gewichen und er sähe nichts als Schmerz. Sein Blick fiel von ihren Augen zu ihren Lippen, aber er bewegte sich nicht. Es lag an Anna, ihre Hände um seinen Hinterkopf zu legen, ihre Finger durch sein Haar zu streichen und sein Gesicht zu ihrem hinunterzuziehen. Sie musste ihn beruhigen, sie musste ihm ihre Liebe zeigen und vor allem wollte sie wieder eine Verbindung zu ihm aufbauen. Er fühlte sich distanziert an und sie musste diese Distanz überbrücken, bevor sie unüberwindbar wurde.

Seine Lippen waren kühl auf ihren. Aber sie hielt die ihren dort, drückte sanft, erkundete seine mit den ihren, bestand auf einer Wärme des Gefühls, von der sie wusste, dass sie da war. Aber noch immer konnte sie nicht spüren, dass er wirklich anwesend war. Sie zog sich wieder zurück.

„Zahir, bitte."

Er hob seinen Finger zu ihrem Gesicht und strich über ihre Wange. „Ich habe dich nur einmal zuvor weinen sehen. Als du um deinen Sohn gefleht hast. Und jetzt?"

Er sah sie mit dem alten Funkeln an: ob es Neugier war oder etwas anderes, war ihr egal. Sie war einfach froh, überhaupt etwas zu sehen.

„Jetzt flehe ich um dich."

Er zögerte nur einen Moment, seine Augen wanderten über ihr Gesicht, bevor er seine Lippen auf ihre presste und sie mit all der Hitze und dem Verlangen küsste, das sie sich gewünscht hatte. Aber zu schnell zog er sich zurück. Schweigend schob er ihren Pullover hoch und presste seine kalten Hände gegen ihren warmen Bauch, sodass ihre Muskeln vor Schreck zuckten. Er schob seine Hände unter ihren BH und schloss die Augen, während seine Daumen hart über ihre Brustwarzen rieben. Aber seine ruhelosen Hände blieben nicht dort; sie glitten unter ihren Körper und bevor sie wusste, was er tat, hatte er sie in seine Arme gehoben und aufs Bett gelegt.

Sie keuchte auf, als seine warmen Lippen seinen kalten Händen folgten und sie die feuchte Hitze seines Mundes auf ihren Brustwarzen spürte, die sich verhärteten, bis sie die unmittelbare Spirale des Verlangens in sich wirbeln fühlte, die alles andere auslöschte.

Dann bewegten sich seine Lippen zu ihren in einem so intensiven Kuss, dass sie kaum mitbekam, wie er die restliche Kleidung zwischen ihnen entfernte, bis sie sein glattes Eindringen in sie spürte. Sie keuchte gegen seine Lippen und fiel in seinen sich beschleunigenden Rhythmus. Es gab diesmal keine Sanftheit, kein längeres sinnliches Genießen in ihrem Liebesakt. Die Intensität des Kusses spiegelte sich in der Intensität in seinen Augen und seinem Körper. Es war, als wäre er verzweifelt darauf aus, diese Verbindung mit ihr herzustellen, nicht nur auf der körperlichen, sondern auch auf der emotionalen Ebene. Sie erreichten schnell den Höhepunkt - ihre Körper wie immer voneinander erregt, aber ihre Gedanken unwillig und unfähig, das sinnliche Erlebnis zu verlängern.

Danach lagen sie einander zugewandt, hielten sich, ihre Beine noch verschlungen, Annas Wange an Zahirs Brust gepresst, seinen Herzschlag fühlend und betend, dass er sich nicht von ihr zurückziehen würde, dass er den Schmerz überwunden hatte und wieder weitermachen könnte, stärker als zuvor. Aber er war so stolz, so kontrollierend, dass sie sich nicht vorstellen konnte, welche Auswirkungen seine neu gewonnene Erkenntnis haben würde.

Der Schmerz tat sogar noch mehr weh, dachte Zahir, nachdem er mit Anna geschlafen hatte. Es war, als hätte er sich dafür entschieden, Gefühle zuzulassen, anstatt wie immer alles so tief zu vergraben, dass nicht einmal er selbst wusste, dass es da war. Er sah auf sie hinab. Sie lag still da, ihre Wange an seine Brust gepresst. Er wusste, dass ihre Augen offen waren, er konnte das Flattern ihrer Wimpern an seiner Brust spüren. Er verstand den Grund für ihr Schweigen. Sie gab ihm den einzigen Trost, den sie konnte. Sich selbst. Sie bedeutete ihm jetzt alles. Einfach alles. Und der Liebesakt, den sie gerade geteilt hatten, zeigte ihr nicht annähernd, wie viel er für sie empfand.

Aber das würde er noch.

KAPITEL 10

nna scrollte auf dem Computerbildschirm nach unten, bis sie zu ihren ersten Ergebnissen ihrer Universitätsaufgaben kam. Sie las sie und spürte, wie sich langsam ein Grinsen auf ihrem Gesicht ausbreitete.

Sie schaute über den Frühstückstisch zu Zahir hinüber. Sie saßen draußen auf der hinteren Terrasse des Hauses, umgeben von üppigen grünen Pflanzen und hohen Bäumen, die in einen blassblauen Himmel ragten. Nach der vergangenen Nacht war kein weiteres Wort gefallen. Zahirs Gesicht unter der sanften Morgensonne war offener als zuvor, aber was sie darin las, tröstete sie nicht. Er hob plötzlich seinen Blick zu ihrem, die Sorgenfalten vertieften sich, während seine Augen ein wenig vom Licht ihres Lächelns widerspiegelten.

„Gute Nachrichten?"

„Eine Eins plus!" Sie drehte ihren Laptop herum, damit er es sehen konnte.

„Du bist überrascht? Ich nicht."

„Erleichtert bin ich."

Er schaute auf die geöffnete E-Mail auf dem Computerbildschirm. „Und eine persönliche Notiz vom Tutor, die dich einlädt, am Ehren-Programm teilzunehmen. Wir müssen ausgehen und feiern.“

Sie schüttelte den Kopf und lächelte. „Wir müssen zu Hause bleiben und feiern.“

„Eine ausgezeichnete Idee. Matta möchte noch eine Nacht bei Firyal bleiben, also haben wir die Nacht für uns.“

„Und den Tag.“

„Ein Tag, an dem ich mein Verhalten von gestern Nacht wiedergutmachen kann.“

Sie hob eine Augenbraue. „Dein Verhalten? Wenn du schlecht gewesen wärst, hätte ich dich zurechtgewiesen. Frag nur Matta.“

„Vielleicht nicht schlecht, aber ich kann sicherlich besser sein, und das möchte ich dir zeigen.“

„Wirklich? Wo möchtest du anfangen?“

Sie hielten für einen Moment den Blick des anderen fest: ihrer verspielt, Zahirs plötzlich von einer Sanftheit erfüllt, die sie noch nie gesehen hatte. Er streckte die Hand aus und streichelte ihre Wange mit seinen Fingern.

„Wo möchtest du, dass ich anfange?“

Sie führte seine Handfläche an ihre Lippen und küsste sie, bevor sie kokett zu ihm aufblickte. „Ich könnte eine Entschuldigung verlangen, nehme ich an.“

„Die hast du. Ich bin alles, was du mir je vorgeworfen hast: arrogant, stur, kalt.“

„Stimmt. Wenn du also dafür um Entschuldigung bittest, heißt das, du wirst dich ändern?“

Er lehnte sich in seinem Stuhl zurück. „Leider nein. Das kann ich nicht.“

„Gut. Denn ich habe gelernt, wie ich deine Kälte erwärmen kann."

„In der Tat hast du das."

„Und ich weiß, wie ich durch deine Sturheit durchkomme."

Er runzelte die Stirn. „Stur ist einfach ein anderes Wort dafür, zu seinen Überzeugungen zu stehen."

„Ja, und ich weiß, es ist schwer für dich zu verstehen, aber manchmal, nur manchmal, liegst du falsch. Und an etwas festzuhalten, wenn man falsch liegt, ist einfach nur dumm."

„Ich bin immer offen für rationale Argumente."

„Dann ist es ja gut, dass ich eine Top-Anwältin werde, oder?" Sie grinste. „Dann bleibt nur noch deine herrische, arrogante Art. Und dafür musst du dich auch nicht entschuldigen, weil ich sie irgendwie vermissen würde, wenn sie weg wäre. Ich meine, wo wäre der Spaß daran, einen herrischen Mann zu ignorieren?"

„Du wagst es, mich zu ignorieren?"

„Natürlich. Und wo wäre der Nervenkitzel, einen bescheidenen Mann zu necken?"

„Spaß und Nervenkitzel. Ist das alles, was du von mir willst?"

Seine braunen Augen hatten sich erwärmt und stellten die heiße Verbindung her, nach der sie gesucht hatte. Ein langsames Lächeln breitete sich auf ihren Lippen aus, als sie ihre Sandale abstreifte und ihren Fuß unter dem Tisch hob und den Bogen ihres Fußes an seiner Wade hochgleiten ließ, über seine Schenkel, bis sie ihr Ziel fand und ihn intim liebkoste. Seine Augen schlossen sich kurz, als er die sanfte Liebkosung ihres Fußes spürte, der sich wölbte, um ihn mit ihren Zehen zu umschließen, die sich seiner härter werdenden Form anpassten.

„Genau."

„Komm her." Seine Stimme war rau vor Erregung.

„Da bist du schon wieder, so herrisch." Ihr Fuß hörte nicht auf, sich zu bewegen. „Ich habe dir doch gesagt, ich reagiere nicht auf herrische Männer."

„Du reagierst sehr gut auf mich, nachts, im Dunkeln. Dann erkennst du die Wahrheit meiner Worte. Vielleicht muss ich dir zeigen, warum du jetzt zu mir kommen solltest."

Er ergriff ihren Fuß und rieb mit seinem Daumen der Länge nach darüber, berührte genug Druckpunkte, um mehrere Stellen ihres Körpers gleichzeitig zu entfachen. Während ihr Fuß wieder auf seinem Schoß ruhte, wo er seine Liebkosungen fortsetzte, strichen seine Hände kurz an ihrem nackten Bein hoch und streiften die feuchten Kurven ihrer Weiblichkeit über ihrem Slip, bevor er seine Nägel wieder ihr Bein hinunterzog.

Er nahm ihren Fuß und ließ ihn zu Boden fallen.

„Komm her", wiederholte er.

Sie hatte keine andere Wahl, als zu ihm zu gehen. „Nur weil ich es will", sagte sie trotzig, als sie sich auf seinen Schoß setzte. „Du kannst sehr überzeugend sein." Er zog ihr Gesicht zu seinem in einen Kuss, der sie vergessen ließ, worüber sie trotzig gewesen war. Sie schob ihre Hände unter sein Hemd, wollte mehr von ihm spüren, brauchte seine Kleider weg. Sie löste sich von seinen Lippen und stand auf, genoss den Anblick unverhohlener Lust in seinem Gesicht, als sie ihren Slip auszog. Sie öffnete vorsichtig seinen Reißverschluss, bis sie ihn in ihren Händen halten konnte, während sie ihn rittlings umschlang und mit ihrer eigenen Erregung seine streifte.

„Frau. Du neckst mich."

„Wie gesagt, ich necke *gerne*."

Zwei starke Hände zogen sie auf ihn herunter, und alles Necken hörte auf.

Er wusste, was sie tat, aber er wollte sie nicht aufhalten. Es war zu lustvoll, auch wenn es wirkungslos war. Der Morgen war mit leidenschaftlichem Liebesspiel im kleinen Garten vergangen, von nichts als Vögeln, Bäumen und dem Himmel beobachtet. Er hatte die weich federnde, duftende Kamille genutzt, um den zarten, blassen Körper seiner Geliebten darauf zu betten – der einzigen Geliebten, die er je im wahren Sinne des Wortes haben würde, das wusste er jetzt. Er beobachtete, wie ihre Haut sich unter der kühlen Brise aufstellte und unter dem inneren Feuer errötete, das sein Stoßen entfachte, und die ganze Zeit spürte er, wie er tiefer in diese Frau eintauchte, die sein Leben verändert hatte. Erst als der hellblaue Himmel zu Grau geworden war und sie dalagen, ihre Herzen schlagend, sanfter Regen ihre schweißnassen Körper benetzend, spürte er, wie sie zu frösteln begann, und er trug sie nach oben ins Bett.

Er liebte sich nicht sofort wieder mit ihr, sondern nahm sich Zeit, sich am Anblick von Annas Schönheit zu erfreuen: ihr kühles, blondes Haar, heller dort, wo die harte Wüstensonne die obersten Strähnen erfasst hatte, goldener darunter. Feines Haar, das wie Seide über das Kissen und seinen muskulösen, braunen Unterarm floss. Er liebte es, ihre Lust zu beobachten: Sie war nicht oberflächlich, sondern etwas tief Empfundenes, das seine Zeit brauchte, sich zu entwickeln und wieder zu vergehen. Er liebte es, sie zu beobachten und die Tatsache in sich aufzunehmen, dass sie ihm irgendwie mehr bedeutete als er sich selbst.

Seltsamerweise entsetzte ihn dieser Gedanke nicht, er war so richtig. Sie vervollständigte ihn auf eine Weise, von der er nicht einmal gewusst hatte, dass sie notwendig war. Das Einzige, was ihn entsetzte, war, wie er sie benutzt hatte: die wütenden, bitteren Dinge, die er zu ihr gesagt hatte, als er glaubte, sie sei nicht nur mit seinem Bruder verheiratet, sondern später auch schwanger von ihm; die Gewalt, mit der er sie zur Heirat gedrängt hatte; die Art, wie er diese schöne, freie Frau gefangen hatte, die es nie verdiente, wieder gefangen zu sein.

Er lag lange neben ihr, ohne sie zu berühren. Ihre Augen flatterten von Zeit zu Zeit und sie glitt in einen leichten Schlaf, bevor sie mit diesem langsamen, lustvollen Strecken der Glieder erwachte, demselben sinnlichen Vergnügen, das der Kontakt der feinen Baumwolllaken auf ihrer Haut auslöste. Dann drehte sie sich um, wissend, dass er da war, sich bewusst, dass er sie noch immer beobachtete, aber völlig unbefangen erwiderte sie seinen Blick.

Erst dann streckte er sich nach ihr aus. Er musste sie kennen – jeden Teil von ihr, musste es sich in sein Gedächtnis einprägen. Seine Hand zögerte kurz, bevor seine Finger leicht ihre Schläfen berührten und dann über ihr Gesicht, ihren Hals strichen. Dort verweilte er, fasziniert vom festen Puls unter ihrer Haut – dem Schlag ihres Herzens. Aber er konnte diese winzige Hautstelle nicht berühren – sie enthielt zu viel von dem, was er wollte. Sie jagte ihm Angst ein, weil sie ihm zu zerbrechlich erschien, um so viel Leben zu enthalten.

Dann legte sich ihre Hand über seine und verflochtene ihre Finger mit seinen und schob sie gemeinsam hoch über sie, eine Vereinigung aus Fleisch, Knochen und Sehnen im weichen Licht des diesigen Nachmittags. Sie drehte ihre Hände erst in die eine, dann in die andere Richtung. Seine dunkelbraune Haut ein starker Kontrast zu ihrem mondhellen Fleisch; seine großen, muskulösen Finger und Hand gehorsam dem Schwingen und Ziehen ihrer schlanken weißen Finger folgend.

Dann zog sie ihre Hände zu ihren Lippen, schloss die Augen und küsste ihre verbundenen Fäuste. Sie öffnete die Augen und betrachtete weiter ihre Hände, die so eng verschlungen waren wie ein Herz.

„Etwas hat sich verändert."

Ihre Worte waren so leise, dass sie wie ein Echo seiner eigenen Gedanken klangen. Als sie ihn ansah, wurde ihm klar, dass es ihre Worte waren. Er nickte.

„Ja."

„Sag es mir."

„Ich kann nicht. Es wird dir nicht gefallen."

„Das hat dich früher nie davon abgehalten, mir Dinge zu sagen. Versuch es."

Wie konnte er in Worte fassen, wie viel sie ihm jetzt bedeutete, wie er fühlte, dass ihre Leben und Seelen auf eine Weise verflochten waren, von der er wusste, dass sie der Frau zuwider sein würde, die immer gesagt hatte, ihr einziger Wunsch sei es, unabhängig von Menschen, von Familie zu leben, frei zu sein? Es würde das Eine sein, das sie vertreiben würde. Und er konnte nie wieder Gewalt anwenden, um sie zu halten.

„Ich zeige es dir lieber."

Nie zuvor hatte sie seine Stimme so zärtlich gehört, nie seine Berührung so zaghaft gespürt, als ob er Unbekanntes erforsche. Ob er sich ihrer Reaktion oder seiner eigenen unsicher war, wusste sie nicht. Alles, was sie mit Sicherheit wusste, war, dass sich definitiv etwas in ihm verändert hatte.

Sie wusste, dass er sich für den Tod seines Bruders verantwortlich fühlte, schuldig, dass seine harte Weltsicht seinen Bruder in einem Leben gefangen gehalten hatte, aus dem er ihn hätte retten können, wäre er nur offener gewesen. Es war, als hätte diese Erkenntnis die harte äußere Schale geknackt, mit der Zahir der Welt begegnete.

Er hielt sich über ihr und küsste sie lange auf die Lippen. Seine Knie zwischen ihren positioniert, ihre Beine spreizend, spürte sie dort den Puls ihres Körpers, während er den Puls in ihrem Hals küsste und dann weiter nach unten. Er umfasste ihre Brüste und saugte abwechselnd an jeder Brustwarze, bis er zufrieden war. Aber sie war es nicht. Sie stöhnte und hob ihre Hüften, um ihre Beine um seine zu schlingen. Aber er war noch nicht bereit. Er lächelte und schüttelte den Kopf, als er seinen Mund senkte, um sie tiefer zu küssen, viel tiefer, an ihrer empfindlichen Haut saugend und knabbernd und ihre Erregung kostend, bis sie zitterte und seinen Namen rief.

Jetzt war sie an der Reihe und sie glitt schnell das Bett hinunter und nahm ihn ganz in ihren Mund, wollte ihn schmecken, wie er sie geschmeckt hatte. Sie spürte, wie sich seine Gesäßmuskeln unter ihren Händen anspannten, als sie ihn in ihren Mund zog und saugte, liebte das Gefühl seines Schafts an ihren Lippen, liebte seinen

Geschmack auf ihrer Zunge und liebte die Tatsache, dass seine Kontrolle endlich zusammenbrach.

Sie zog ihren Mund weg und betrachtete das Ende seines dunklen Schafts, an dem ein Tropfen hing, schwebend, ein Juwel nur für sie allein. Ihr Körper bebte vor Verlangen und seiner zitterte jetzt auch. Seine Hände senkten sich, um ihren Po zu umfassen und sie anzuheben, damit er in sie eindringen konnte, aber sie hielt ihn auf, ihre Aufmerksamkeit völlig auf diesen Tropfen gerichtet. Langsam, so langsam streckte sie ihre Zunge aus und leckte an der Spitze seines Schafts: dieser Tropfen glitt ihre Kehle hinab wie der erlesenste Likör.

Er stöhnte und drückte sie zurück, ihre gebeugten Beine flach gegen ihren Körper gedrückt, als er mit einer schnellen Bewegung bis zum Anschlag in sie eindrang. Jetzt gab es kein Zögern mehr. Er stieß in sie, wartete nicht auf ihre Reaktion, sondern war mit ihr im Moment, und sie kamen zum ersten Mal zusammen, Zahir rief Annas Namen laut vor Erleichterung, als hätte er sie verloren und gerade erst wiedergefunden.

Es war spät, als Anna erwachte. Sie hatte von der Wüste geträumt – ihren weiten, offenen Räumen, ihrer flimmernden Hitze und dem Palast, der in die Bergflanke gebaut war, fest und dominierend. Sie hatte ein zurückbleibendes Gefühl von Frieden und seufzte, ihre Augen öffneten sich zum sanften Gelb des Pariser Sonnenuntergangs. Das Gefühl des Friedens verließ sie sofort, als es von Panik ersetzt wurde. Sie hatte sich in ihrem Traum glücklich, entspannt, zu Hause gefühlt. Ihr Herz schlug schnell. Sie konnte sich dort nie zu Hause fühlen, weil es nicht ihr Zuhause war. Sie sah zu Zahir hinüber, der neben ihr lag. Ungewöhnlich für ihn lag er ganz still da und blickte in das flackernde rosa Licht der tief stehenden Sonne, das durch die Blätter filterte. Qawaran war Zahirs Zuhause und ihres nur so lange, wie er sie dort haben wollte. Das musste sie sich merken, und tagsüber tat sie das gewöhnlich auch. Nur in ihren Träumen schlichen sich Gefühle der Sicherheit ein.

Plötzlich ergriff sie eine Welle der Panik. In seinem Kopf war etwas passiert. Das wusste sie. Es hatte mit der Entdeckung begonnen, dass sein Bruder schwul war, und es hatte mit ihrem Liebesakt geendet. An diesem Tag hatte es eine andere Qualität: eine Traurigkeit, fast ein Gefühl der Verzweiflung, den Moment zu ergreifen, statt ihn zu beobachten. Mit erschreckender Klarheit erkannte Anna plötzlich, dass es vorbei war. Zahir hatte endlich sein Bedürfnis nach ihr verarbeitet. Deshalb war die Dringlichkeit verschwunden; deshalb war er so still. Sie wurde nicht mehr gebraucht.

Sie lag schockiert da, wollte sich nicht bewegen, wollte ihn nicht zu Handlungen oder Worten drängen, die ihre Befürchtungen bestätigen würden.

Sie zuckte fast zusammen, als seine Hand nach ihrer griff und sie fest zur Faust ballte, bevor er sie losließ. Sie sprang auf und sammelte ihre Kleidung ein.

„Wo gehst du hin?"

Sie schüttelte den Kopf - nicht willens zu sprechen, sich der Wahrheit zu stellen - und zog sich an.

„Wo gehst du hin?", wiederholte er.

„Nur ein bisschen spazieren."

Zahir öffnete den Mund, um zu sprechen - ob um weitere Fragen zu stellen oder um vorzuschlagen, sie zu begleiten - sie wusste es nicht, denn er schloss den Mund wieder, ohne etwas zu sagen. Ein weiterer Beweis, dass er sie nicht mehr wollte.

Instinktiv wich sie vor ihm zurück. Sie konnte die Gleichgültigkeit in seinem Gesicht nicht mehr ertragen und verließ den Raum, bevor sie sich noch mehr zum Narren machte, als sie es ohnehin schon getan hatte.

Sie blieb nicht lange weg. Nur lange genug, damit er seine Sachen für den Morgen packen und wieder ins Bett fallen konnte. Er fühlte sich müde, müder als je zuvor, selbst müder als damals, als seine Muskeln nach tagelangen Gewaltmärschen durch die ausgedörrte Wüste geschrien hatten. Damals hatte er einen Zweck gespürt. Jetzt fühlte er nichts. Nur Leere.

Sie war vor ihm zurückgeschreckt, als ob sie dachte, er wolle sie festhalten, sie gegen ihren Willen zurückhalten. War das nicht genau das, was passiert war? Er hatte ihr ihre Freiheit genommen - das Einzige, was sie wollte - und sie war gegangen, weil sie diesen Freiraum zurückgewinnen musste. Das hatte sie ihm immer gesagt, hatte die Tatsachen ihrer Träume immer unverblümt ausgesprochen. Und die Tatsachen waren jetzt klar. Er liebte sie. Sie wollte frei sein. Also würde er ihr ihre Freiheit geben.

Die Tür fiel krachend hinter ihr zu, vom Wind getrieben. Er lächelte. Anna konnte nirgendwo unbemerkt oder leise kommen oder gehen. Er hörte sie im Wohnzimmer zögern, hörte das Schleifen ihrer Handtasche, als sie sie unordentlich auf den Boden warf, und den Klang ihrer müden Schritte, die sich näherten.

In der Annahme, er würde schlafen, streifte sie ihre Kleidung ab und kroch neben ihn ins Bett. Es gab nichts außer der kühlen Sommernachtluft, die die blassen Vorhänge bewegte, und dem Ticken seines Weckers neben ihm. Er zeigte drei Uhr morgens. Wo war sie gewesen? Er wusste es nicht und wusste jetzt, dass es ihn nichts anging.

Er wusste nicht, wie lange er dalag und sie beobachtete, wie er die Stadtlichter durch die Bäume flackern sah. Draußen war Paris regengewaschen, wie ein Aquarellgemälde. Wie die Bilder aus dem Notizbuch, das er in der Nacht entdeckt hatte, während sie weg war. Kleine, primitive Aquarelle von Wüstenszenen, von Matta und von einem Vogel im Flug. Der Falke - sein Falke - war sowohl im Flug dargestellt, die Flügel gegen die turbulenten Luftströmungen über der Wüste gespannt, als auch mit seiner Haube eingefangen. Die Farben waren bei letzterem gedämpft, es war auch eine Studie einer Hand, dunkel, stark und verwittert. Seine Hand. Man musste kein Genie sein, um ihre Wünsche und Ängste in diesen Bildern manifestiert zu sehen.

Sie schlief auf dem Bauch, ihr Haar über der geröteten Wange, eine Hand flach auf dem Bett, noch warm von seinem Körper. Die Decken waren heruntergerutscht und gaben die blassen Kurven ihrer Schulterblätter und ihrer Wirbelsäule frei, die sich zum unteren Rücken hin senkte. Ihr Gesicht war nicht friedlich in diesem Schlaf. Ihre Augenlider zuckten, während sie unbekannte Szenen in ihrem Kopf beobachtete - Szenen, die er nie kennen würde, aber erahnen konnte. Er wandte sich von ihrem Gesicht ab, brauchte eine Pause von der Reue, die ihn auffraß, und schaute aus dem Fenster, an dem der Regen in Rinnsalen herunterlief und die Welt verzerrte; sie in einen Ort verwandelte, der wie die rissige Eierschalen-Lasur eines Meistergemäldes wirkte. Sein Kontrollbedürfnis hatte schon immer alles gefärbt, was er getan und gesagt hatte. Aber jetzt war nichts mehr unter Kontrolle; nichts war mehr ganz.

Er hatte Anna als jemanden gesehen, der drohte, seine Welt zu zerbrechen, und so ging er mit ihr auf die einzige Art um, die er kannte: Er nahm sie und machte sie zu der Seinen. Nur hatte es nicht funktioniert. Stattdessen hatte sie seine Kontrolle von innen heraus zerbrochen.

Sanft strich er ihr das Haar aus dem Gesicht. Sie bewegte sich leicht, beruhigte sich dann wieder und schlief weiter.

Wärme durchflutete ihn und er streckte die Hand nach ihr aus, hielt sich aber zurück, bevor er sie berühren konnte. Es war eine Wärme, die ihn erfüllte und jedes Bedürfnis nach Kontrolle auslöschte: sie kontrollierte ihn und es war ihm egal. Es gab ein Gefühl der Erleichterung, ein Neuordnen der Prioritäten. Die Dinge schienen plötzlich extrem einfach.

Er rückte von ihr weg.

So einfach jetzt. Nichts war wichtiger als sie und was sie brauchte und wollte. Und er wusste, was das war. Sie hatte nie versucht, es zu verbergen. Sie hatte immer ihre Freiheit gewollt: sie selbst sein zu können, nicht die, die alle von ihr erwarteten.

Es gab nur noch eines, was er ihr jetzt geben konnte, und das war ihre Unabhängigkeit.

Er lag da und wartete darauf, dass sie aufwachte. Seine Augen brannten vom Beobachten, vom Einprägen ihrer Schönheit, vom Einprägen der Frau, die er liebte.

Stunden vergingen, während sein Verstand raste und er ihrem Drehen und Wenden lauschte; die Zeiten, in denen ihr Atem unruhig war, wurden schnell vom tiefen Atem des Schlafes abgelöst. Erst als die Dämmerung begann, streckte sie sich über die kalte Kluft zwischen ihnen und streichelte sanft sein Gesicht, hielt kurz vor seinen Augen inne.

„Du weinst." Ihre Überraschung machte die Worte leicht und verschwommen.

„Nein, tue ich nicht."

„Was nennst du dann Wasser, das aus den Augen fällt? Nicht *ma-ush-shafa*, nicht heilendes Wasser?"

„Nein. Das Gegenteil."

Sie küsste erst das eine geschlossene Auge und dann das andere mit einer Zärtlichkeit, die sein Herz schmerzen ließ.

„Mach die Augen auf."

Er tat es nicht sofort. Aber als er es tat, bedeckte er ihre Hand mit seiner und zog sie von seinem Gesicht weg.

„Was ist los?"

Er schüttelte den Kopf und rollte aus dem Bett, den Kopf für ein paar Sekunden in den Händen, bevor er aufstand und sich anzog.

„Es ist früh. Wo gehst du hin?" Ihre Stimme klang schwach, wie aus weiter Ferne. Die Distanz machte es leichter, das zu tun, was er tun musste.

„Weg. Zurück nach Qawaran."

„Aber ich bin hier noch nicht fertig mit meiner Arbeit. Noch ein paar Tage mindestens. Und Matta?"

„Ich gehe allein. Du bleibst hier. Matta kann noch eine Woche bleiben und dann muss er zu mir zurückkehren. Er kann später zu dir zurückkommen."

Sie warf die Bettdecke ab und sprang nackt und vor Wut kochend aus dem Bett. Sie packte sein Hemd mit einer Faust und schüttelte ihre Hand, ihre Augen funkelten.

„Also das war's. Du hast genug? Und was, wenn ich noch nicht genug habe?"

Er war zufrieden. Er spürte kaum den Zorn ihres Geistes und den Aufruhr ihrer Gefühle, die ihn anschrien. Er konnte es kaum spüren, weil sie nichts waren im Vergleich zu seinem eigenen Schmerz.

„Du wirst bekommen, was du immer wolltest – deine Freiheit."

Er drehte sich nicht noch einmal um. Er konnte es nicht. Es hätte seinen Entschluss gefährden können. Er musste ihr geben, was sie wollte. Ohne das würde sie ihm immer grollen. Die Tür schlug hinter ihm zu und verschloss damit für immer einen Teil von ihm.

KAPITEL 11

Die langen Tage des sehnsüchtigen Wartens auf einen Anruf waren zu Wochen und dann zu Monaten geworden, in denen nur ihr Studium ihr Trost bot. Aber der Schmerz hatte nicht nachgelassen; er war sogar gewachsen - dieses Vermissen, dieses Sehnen.

Von ihrem Schreibtisch aus hatte sie beobachtet, wie sich das sommerliche Grün in die üppige Flut der Herbstblätter verwandelte. Das Sommersemester war vergangen und Matta würde in einer Woche aus Qawaran zurückkehren, um seine neue Schule in Paris zu beginnen. Und noch immer kein direktes Wort von Zahir bis jetzt - bis die Papiere eintrafen, die seine Großzügigkeit rechtlich besiegelten - am selben Tag, an dem sie ihre Prüfungsergebnisse erhielt.

Sie blickte auf das Papier mit ihren Ergebnissen und fühlte - nichts. Sie wollte es mit jemandem teilen, aber da war niemand. Impulsiv wählte sie Zahirs Nummer auf ihrem Handy, aber sie wurde sofort zu seiner Assistentin weitergeleitet. Das war immer so.

Sie schaltete ihr Handy aus und schleuderte es über das Sofa. Er war weg und er würde keine ihrer Anrufe entgegennehmen. Sie saß steif da, die Arme verschränkt, und starrte mit leerem Blick durch den Raum.

Er hatte ihr gesagt, er würde ihr ihre Freiheit geben, und das hatte er. Mit Abscheu blickte sie auf die Papiere, die er ihr hatte zukommen lassen, verstreut über den Couchtisch: Besitzurkunden für das Haus in Paris - ihres; enormes monatliches Einkommen - ihres. Sie hatte alles, was sie sich wünschen konnte. Sie schaute sich in dem luxuriösen Haus um - von bester Qualität, aber so schlicht und ehrlich im Design, so typisch Zahir. Sie hatte alles. Sie hatte nichts.

Er war für immer gegangen.

Sie wiederholte die Worte für sich. Versuchte, sich selbst dazu zu bringen, sie zu glauben. Aber sie konnte nicht. Wie konnte so viel einfach zu nichts werden? Ein Zaubertrick, Magie, vielleicht. Es war nicht real. Es konnte nicht real sein. Wie eine Wasserspiegelung in der heißen, trockenen Wüste, vielleicht war es nur eine optische Täuschung, eine Einbildung, die mit der Zeit verschwinden würde, mit nichts weiter als einer Änderung des Lichts? Aber sie saß da und beobachtete, wie sich Staubpartikel kaum in der Stille des Raums bewegten, sah zu, wie die späte Sonne sanfte Lichtstrahlen über den Boden warf, und spürte die stille Leere des Ortes, von der sie wusste, dass sie sich nicht ändern würde. Denn sie war nicht nur äußerlich; die Leere lag auch in ihrem Inneren.

Sie ging zum Kühlschrank und nahm eine Flasche Champagner heraus - die, die sie ausgesucht hatte, um ihre Prüfungen mit Zahir zu feiern, immer noch in der Vorstellung, dass er auftauchen würde. Aber er war nicht hier, oder? Es war nur sie. Und sie hatte mehr zu feiern als ihre Prüfungen. Sie hatte ihre Unabhängigkeit, die Zahir ihr gegeben hatte.

Sie öffnete den Korken und schenkte sich ein Glas ein. So angespannt, dass sie fast zitterte, beobachtete sie mit übertriebener Konzentration, wie die hellgoldene Flüssigkeit in ihrem Glas perlte, während sie sich an Zahirs letzte kalte Worte erinnerte. Sie bemerkte nicht, dass das Glas voll war und hörte nicht auf einzuschenken, bis es zu spät war. Und selbst dann war es ihr egal. Sie sah einfach zu, wie es über das Glas floss und sich auf dem hochpolierten Holz des Tisches sammelte. Was machte das schon? Sie hörte trotzdem auf einzugießen und starrte es nur an, schluckte schwer und holte tief Luft. Natürlich machte es etwas aus.

Sie drehte sich um und hob das Glas vor niemandem.

„Auf mich und meinen Erfolg."

Aber sie trank nicht. Man trank nicht, wenn man schwanger war - schlecht für das Kind. Das sagten alle.

Sie spürte, wie eine Welle von Übelkeit sie beim Geruch des Alkohols überkam, und schaffte es gerade noch rechtzeitig ins Bad. Die Hände immer noch an den Seiten der Schüssel, blickte sie in den Spiegel auf ein blasses, erschöpftes Gesicht, mit dunkel umschatteten und leblosen Augen trotz des zusätzlichen Lebens in ihr.

Wer würde sie jetzt noch wollen, wenn sie so aussah? Sie hatte wieder an Gewicht verloren, und sie wusste, dass Zahir Kurven an einer Frau mochte. Vielleicht war sie bereits durch eine kurvigere Frau ersetzt worden, weniger anspruchsvoll, leichter in die strengen Parameter seines geradlinigen Lebens einzufügen.

Dann kamen die Ängste, die im Hintergrund ihres

Bewusstseins gelauert hatten, laut und deutlich zum Vorschein.

Er will dich vielleicht nicht, aber er wird dein Baby wollen.

Er konnte wollen, soviel er wollte. Er würde es nie erfahren. Sie zeigte noch nicht viel, und sie müsste sich für die letzten Monate Ausreden für Matta einfallen lassen, um die Umarmungen zu vermeiden. Aber sie könnte es so einrichten, dass er während der letzten Monate in Qawaran wäre. Gott sei Dank für die qawaranischen Gewänder, die sie noch trug. Sie verbargen alles. Und wenn das Baby geboren würde? Sie konnte nicht einmal so weit vorausdenken.

Sie wanderte zurück zum Tisch und öffnete die Besitzurkunden des Hauses mit dem Boden des Glases. Champagner war ins Papier gesickert und der Fleck breitete sich auf dem teuren, strukturierten Papier aus.

„Ich habe alles, was ich je wollte", flüsterte sie. „Alles, was ich Zahir je gesagt habe, dass ich es will, hat er mir jetzt gegeben."

Die Stille im Haus stand im Kontrast zu den Rufen der Kinder in den Gartenanlagen unten.

Sie drehte sich um - Anspannung, Wut und Frustration verschmolzen zu einem - und warf ihr Glas gegen den Marmorkamin. Es zersprang in hunderte von Teilen, zerschellte und verteilte sich über den harten Holzboden.

„Alles!", schrie sie. „Er hat mir alles gegeben außer dem, was ich die ganze Zeit wollte."

Sie sprang plötzlich auf und versuchte, die Kälte zu vertreiben, die in sie einzusickern schien; hektisch rieb sie ihre Arme auf und ab, versuchte die Durchblutung anzuregen, die scheinbar in einen Schockzustand verfallen war.

„Nein. Es ist okay." Sie lief auf und ab. „Ich wollte Freiheit. Ich habe Freiheit." Sie hielt inne und erkannte plötzlich, was Freiheit wirklich bedeutete. „Ich habe die Freiheit von allem. Ich bin abgeschnitten, allein." Sie setzte sich und legte den Kopf in die Hände. Sie stöhnte. Das hatte sie nie gewollt, hatte sich nie auch nur für eine Minute vorgestellt, dass sie tatsächlich die Verbindung zu jemandem aufrechterhalten wollen würde.

Aber er wollte sie nicht mit ihr aufrechterhalten. Zahir hatte getan, was er sich immer vorgenommen hatte, sich von seiner Besessenheit von ihr zu befreien, und jetzt war auch er frei. Und er hatte das Beste daraus gemacht. War nicht geblieben, um ihre gegenseitige Freiheit zu feiern, sondern war so schnell wie möglich gegangen.

Es vergingen Stunden, bevor Anna sich bewegte, bevor sie überhaupt klar genug durch ihre Trauer denken konnte, um zu erkennen, wo sie war oder was sie tun sollte. Erst als die Straßenlaternen draußen angingen, wurde ihr bewusst, dass sie den ganzen Abend in derselben Position gesessen hatte.

Steif stand sie auf und sah sich um. Sie beseitigte das Durcheinander des abgestandenen Alkohols und schlüpfte in ihre warmen Gewänder. Irgendwie fühlte sie sich darin Zahir näher, wohler, mehr sie selbst. Sie ging zum Telefon und wählte die Nummer von Qawaran. Diesmal wollte sie mit ihrem Sohn sprechen.

Aber Matta war nicht verfügbar – er war mit Zahir auf einer Jagdexpedition in der Wüste. Sie lächelte. Sie wusste, dass es ihm gefallen würde. Und sie würde ihn bald dort sehen. Zahir hatte ihr das gemeinsame Sorgerecht gegeben und ihr freien Zugang gewährt. Sie sollte Ende des Monats nach Qawaran kommen, um Matta abzuholen und ihn zum Beginn des Herbstsemesters nach Paris zu bringen. Aber sie wusste genau, dass Zahir sie nicht wiedersehen würde. Er war mit ihr fertig. Er hatte ihr nie etwas anderes als eine kurze gemeinsame Zeit versprochen. Aber, oh, wie sehr hatte sie etwas anderes geglaubt.

Sie weinte selten. Zahir war das aufgefallen. Sie hatte geweint, als sie um Matta flehte; sie hatte geweint, als sie Zahir anflehte, und sie weinte jetzt, um sich selbst. Um ihr verlorenes Ich, allein in ihrer Welt der Freiheit. Es war nicht die Gefangenschaft, die sie die ganze Zeit vermieden hatte, sie hatte ein Zuhause gesucht: ein emotionales – eines mit Menschen, die sie liebten, und einem Ort, an dem sie sich sicher fühlte. Sie hatte es gefunden und irgendwie hatte sie es durch ihre Finger gleiten lassen.

Sie sprang auf und betrachtete sich im Spiegel. Sie sah einen wilden Blick in ihren Augen, den einer Kriegerin – einer Wüstenkriegerin, die nicht tatenlos zusehen würde, wie ihr Mann ging, ohne zu kämpfen. Sie würde sich an Zahirs geliebten Zeitplan für Mattas Wohl halten, aber sie würde dafür sorgen, dass sie Zahir in Qawaran sah. Irgendwie.

SIE ATMETE TIEF EIN. Oh, wie hatte sie den Geruch der Wüste vermisst – staubig und doch sauber – und die Geräusche der Wüste – das Rascheln der Dattelpalmen und den Vogelgesang, die Klänge und Gerüche der Freiheit. Sie hatte Zeit mit Matta verbracht, der sich – ein wenig ängstlich und ein wenig aufgeregt – auf seine neue Schule in Paris freute. Aber sie hatte Zahir nicht gesehen, der immer beschäftigt und nicht zu sprechen war. Zahir mochte entschlossen sein, sie nicht zu sehen. Aber er hatte ihre Entschlossenheit, ihn zu sehen, unterschätzt.

Sie hasste die Falknerei mit ihrem Netz aus Käfigen, ihren verhüllten Vögeln. Es war alles, was ihr Angst machte: die scharfen Krallen der Vögel, die sich auf ihren Stangen bewegten, das stumme Scharren ihrer Füße, die Andeutung von Kraft in ihren nun glatten und zerzausten Federn. Wartend. Einfach wartend, bis sie fliegen durften. Zahir würde nie erwarten, dass sie dort sein würde. Deshalb musste sie genau dort sein.

Er sah genauso aus wie früher. Das hatte sie nicht erwartet. Wenn sie in den Spiegel schaute, sah sie eine veränderte Frau. Aber Zahir sah trotz der Selbstvorwürfe und der Schuld, die er sich wegen Abduallahs Tod aufgeladen hatte, genauso aus. Er war wieder hart geworden. Dennoch musste sie ihm etwas sagen, was sie ihm nie zuvor gesagt hatte, auch wenn es in einem Misserfolg enden würde.

„Zahir!" Ihre Stimme war leise, aber sie wusste, dass er sie gehört hatte, weil seine Schultern erstarrten. Er drehte sich nicht um.

Sie ging zu ihm und betrachtete zunächst sein Gesicht, seine zusammengekniffenen Augen, die in das grelle Sonnenlicht der Wüste starrten. Er sah nicht zu ihr herunter und gab auch kein Zeichen, dass er ihre Anwesenheit bemerkte. Also folgte sie seinem Blick zu seinem Falken, der über ihnen kreiste.

„Willst du nicht mit mir sprechen?"

„Worüber gibt es zu sprechen? Ich nahm an, du bist

gekommen, um Matta zu sehen, nicht mich. In diesem Fall bist du am falschen Ort. Er wird um diese Zeit im Schulzimmer sein."

„Ich weiß. Ich komme gerade von dort."

„Und du hast alles zufriedenstellend gefunden? Ist er ausreichend auf seine neue Schule vorbereitet?"

Sie nickte, nicht wissend, ob sie über seine Kälte lachen oder weinen sollte. „Ja. Alles ist zufriedenstellend. Matta ist glücklich und wohlauf und freut sich darauf, in Paris anzufangen."

Er hob seine behandschuhte Hand für den Habicht. „Gut."

Der Vogel landete auf seinem Arm, der Luftzug seines Fluges war so stark, dass er Annas Haar zurückwehte. Sie atmete tief durch, während sie den Vogel bewunderte. Denselben Vogel, dem sie vor Monaten nicht nahegekommen wäre.

„Darf ich?" Zum ersten Mal blickte Zahir sie an, aber sie konnte nichts in seinen schwarzen Augen lesen. Kühl nickte er.

Sie streckte die Hand aus und streichelte vorsichtig die Federn des Vogels. Sie waren nicht weich, sondern besaßen die Zugfestigkeit eines feinen, für harte Beanspruchung ausgelegten Stoffes. Täuschend.

„Er ist wunderschön."

„Er ist ein wildes Wesen, das zahm gemacht wurde. Ich weiß nicht mehr, ob das etwas Schönes ist."

Sie berührte dann seinen Arm und bestand darauf, dass er ihren Blick erwiderte. „Du kannst ihn nicht wieder in die Wildnis entlassen."

„Nein. Dafür ist es zu spät."

Sie streichelte den Vogel, hielt aber ihre Hand fest auf

Zahirs Arm. „Er hat deine Berührung kennengelernt und wird sie immer ersehnen."

Zahir setzte abrupt die Haube auf den Kopf des Vogels, und der Vogel entspannte sich sofort, sein Kopf sank in seinen Körper.

„Wieder gefangen." Er drehte sich zu ihr um, seinen Arm mit dem Vogel zur Seite ausgestreckt.

Sie schüttelte den Kopf, versunken in der Schönheit von Zahirs Gesicht und Körper. Er war so rau wie das Land und so würdevoll und aufrecht wie sein Volk. Der Wind bewegte seinen Kopfschmuck, das Einzige, was sich um sein hartes und verschlossenes Gesicht bewegte. Sie wandte sich ab und blickte auf die flachen Ebenen, die sich endlos erstreckten, und fragte sich, wie sie sich jemals nach dem hatte sehnen können, was jenseits davon lag, wenn das, was sie gewollt hatte, die ganze Zeit vor ihr gewesen war. Aber angesichts seines unbewegten Ausdrucks fragte sie sich, ob es zu spät war.

„Gefangen, oder vielleicht einfach jetzt zu Hause?"

Seine Augen verengten sich noch mehr.

„Warum bist du hier?"

„Ich habe es dir gesagt – um Matta abzuholen."

„Nein hier, in der Falknerei. Du hast keine weiteren Angelegenheiten mit mir. Ich dachte, das hätte ich klargemacht."

Schock durchfuhr ihren Magen und sie taumelte zurück, als hätte er sie körperlich getroffen, und wandte sich ab, plötzlich erkennend, dass sie einen großen Fehler gemacht hatte, indem sie ihn aufsuchte. Aber der Schmerz in ihrem Herzen, das sie unwillkürlich rieb, sagte ihr etwas anderes. Was auch immer er fühlte, sie musste es einfach mit Sicherheit wissen, weil sie ohne diese Gewissheit nicht weitermachen konnte. Sie drehte sich wieder zu ihm um.

„Das war das Einzige, was du klargemacht hast. Nichts ist jemals so schwarz-weiß, wie du es glauben willst."

Er zuckte mit den Schultern. „Menschen verkomplizieren die Dinge. Bei uns war es einfach. Ich habe dir nie falsche Versprechungen gemacht. Wir hatten eine Abmachung: Ich wollte dich, bis ich gelangweilt sein würde, und du wolltest deine Freiheit. Nun, genau das ist passiert. Und es *musste* passieren." Fügte er leiser hinzu.

Die letzten Reste von Annas Kraft lösten sich bei diesem finalen Schlag auf. Sie hatte ihren Gefühlen vertraut, als sie zu ihm zurückkehrte, und sie hatte sich geirrt. Sie konnte nicht glauben, dass alles, was sie gehabt hatten, dazu gekommen war. Aber offenbar war es so. Zahir liebte sie doch nicht.

„Es tut mir leid. Ich-"

„Ich denke, du solltest gehen, findest du nicht? Geh zurück zu Matta und dann am Ende der Woche wie geplant nach Paris."

„Wie geplant", murmelte sie leise. „Also das war's. Ich werde dich nicht wiedersehen."

„Solange du hier bist, musst du natürlich zum Abendessen zu uns kommen."

Seine kalte Höflichkeit war schlimmer als jeder Missbrauch. Sie war jetzt eine Fremde für ihn und deutlicher hätte er es nicht machen können.

„Natürlich. Nichts könnte schöner sein." Das Spiel konnten auch zwei spielen.

Er übergab seinen Falken einem Falkner, um ihn zur Falknerei zurückzubringen, und begleitete sie zum Palast. „Ich hoffe, dein Studium läuft gut."

„Natürlich. Alles läuft nach Plan. Bei Vollzeitstudium sollte ich mein erstes Jahr in sechs Monaten abschließen."

„Und dann wirst du alles haben, was du dir immer gewünscht hast."

Sie blieb stehen. „Nein. Nein, werde ich nicht." Sie waren in der öffentlichen Eingangshalle des Palastes stehengeblieben, und draußen im Hof fuhr plötzlich eine Reihe von Autos vor.

„Es tut mir leid, Anna. Lass mich wissen, was dir fehlt, und ich werde jemanden beauftragen, sich darum zu kümmern."

„Das ist nichts, worum sich jemand kümmern kann. Das kannst du nicht delegieren. Ich muss dir etwas sagen, Zahir. Wir müssen reden."

„Jetzt nicht. Ich habe geschäftliche Angelegenheiten zu erledigen. Wir sehen uns beim Abendessen." Er nickte förmlich und wandte sich ab, anscheinend jeden Gedanken an sie vergessen.

Sie wich zurück, unfähig, sich völlig von ihm loszureißen. Sie blieb im Schatten des Palastes stehen und studierte sein Gesicht. Sie wollte sich jede Schattierung, jede Linie erinnern, die Erfahrung, Schmerz, Traurigkeit und Glück in dieses Gesicht gemeißelt hatten. Sie wollte ihre Seele an ihm nähren, weil sie wusste, dass ihre Zeit mit ihm begrenzt war. Ihr wurde klar, dass dies vielleicht das letzte Mal sein könnte, dass sie ihn sah.

Sie beobachtete, wie er die kleine Familiengruppe begrüßte, die aus dem Autokonvoi stieg, darunter eine wunderschöne dunkeläugige, dunkelhäutige junge Frau. Die Körpersprache aller Beteiligten machte deutlich, dass die Frau Zahir angeboten wurde.

Anna konnte nicht mehr zusehen und versuchte, ohne

zu stolpern über das unebene Pflaster eines der älteren, ungenutzten Wege, um den Palast zu gehen, der sie von Zahir und seinen Gästen wegführte. Sie fühlte sich taub, spürte kaum die scharfen Kanten der bröckelnden Steine unter ihren dünnen Sandalen oder die brennende Sonne auf ihrem Kopf. Es war, als hätte sie keine körperliche Substanz, nur tiefen, unverfälschten Kummer. Irgendwie schaffte sie es zurück in ihr Zimmer. Dort schlug sie die Tür zu und konzentrierte sich aufs Atmen, darauf, das Herz zu beruhigen, das ihr aus der Brust zu springen drohte.

„KOMMST DU DANN ZUM ABENDESSEN?“

Anna schaute überrascht von ihrem Skizzenbuch auf, in dem sie herumgekritzelt hatte, als sie Mattas Frage hörte.

Matta lag auf dem Bauch auf dem Boden und malte aus. Er hörte nicht auf, mit seinem Stift fest aufs Papier zu drücken und zackig auf und ab zu fahren, während er mit ihr sprach. Er schien sich besser auf ein Gespräch konzentrieren zu können, wenn er gleichzeitig mit etwas anderem beschäftigt war. Anna wünschte, sie hätte diese Fähigkeit. Im Moment konnte sie nur ausgestreckt auf einer Couch liegen, mit einem strategisch platzierten Ventilator neben sich, der versuchte, die Hitze, Übelkeit und Erschöpfung fernzuhalten.

„Nein, ich glaube nicht, Liebling, ich bin müde.“

„Muma Yemena dachte schon, dass du nicht kommen würdest.“

„Und warum das?"

„Wegen unserer Gäste." Matta hörte plötzlich auf, an seinem Bild zu arbeiten, und warf ihr einen tiefen, besorgten Blick zu. „Wegen der Dame, die hier ist."

Sie spürte, wie ihr ein Schauer über den Rücken lief. „Ab Zahir sagte, es sei geschäftlich."

„Die Leute sagen, dass Ab Zahir eine neue Dame braucht, weil du die ganze Zeit in Paris bist."

Anna konnte kaum sprechen, aber sie musste es, um sicherzustellen, dass Matta verstand. Sie stand auf und nahm ihn in die Arme, die brennenden Tränen zurückhaltend, die drohten zu fallen. „Du darfst nicht auf das hören, was die Leute sagen. Das ist nur Klatsch. Und was auch immer Ab Zahir beschließt zu tun, mach dir keine Sorgen. Er und ich lieben dich und werden dich immer lieben. Nichts, was er tut, wird daran jemals etwas ändern."

„Mama, es geht nicht nur um mich; ich mache mir Sorgen um dich."

Sie konnte vor Liebe und Kummer kaum atmen. „Aber du darfst dir keine Sorgen um mich machen."

„Und ich mache mir auch Sorgen um mich. Du hast Ab Zahir früher so geliebt wie du mich liebst. Und jetzt nicht mehr. Vielleicht wirst du mich auch bald nicht mehr lieben, wenn ich ungezogen bin?"

„Ich werde dich immer lieben. Und ich werde ihn immer lieben."

„Wirklich? Wie sehr liebst du Ab Zahir?"

Es brachte sie um, ihrem kleinen Sohn diese Dinge zu erzählen, aber sie hatte keine andere Wahl, als ihm ihre tiefsten Gefühle zu offenbaren, wenn sie ihn beruhigen wollte.

„Erinnerst du dich an die Geschichte, die ich dir

immer vorgelesen habe, von dem Hasen, der sein Baby über den Mond und zurück liebte?"

Er schwieg einen Moment und Anna sah mit schwerem Herzen zu, wie er in seiner Auswahl an Buntstiften kramte und einen auswählte, die Stirn in Konzentration gerunzelt, ob wegen ihrer Worte oder seiner Zeichnung, wusste sie nicht. „Ich habe noch nie einen Hasen gesehen."

„Nun, weißt du, wenn du den Falken aus den Augen verlierst und denkst, er sei weiter geflogen, als du verstehen kannst? Du denkst, er sei verloren, aber das ist er nicht?"

„Ja."

„Also, ich liebe deinen Ab Zahir weiter als ich sehen kann, weiter als ich weiß."

„Viel weiter als ein Falke fliegen kann? Wow. Das ist weit."

„Ja. Das ist es wohl." Zufrieden mit der Antwort machte Matta sofort da weiter, wo er aufgehört hatte, und malte den Umriss eines Falken aus. Mattas Zunge lugte zwischen seinen konzentriert gespitzten Lippen hervor. Ihr Herz schwoll an. Sie liebte jede Kleinigkeit an Matta. Und sie vermisste ihn verzweifelt, wenn sie weg war. Aber daran konnte sie nichts ändern. Dies war seine Welt, nicht mehr ihre. Aber er würde bald nach Paris zurückkehren. Er würde zwei Welten haben. Das Beste aus zwei Welten, erinnerte sie sich selbst.

„Gefällt es dir, Mama?" Er hielt das halb fertige Bild hoch, wo die anfänglichen, fest gedrückten Linien sorgfältiger Farbe breiten, schnellen Strichen gewichen waren, die über den Umriss des Vogels hinausgingen. Es war eine Illustration der Ungeduld. Das hatte er von ihr geerbt.

„Die Farben sind genau richtig und du hast die Energie des Vogels mit diesen schnellen Strichen eingefangen."

Er betrachtete es kritisch. „Ab Zahir sagte, ich muss innerhalb der Linien bleiben. Aber das ist schwer."

„Ja, das ist es wirklich." Und typisch Zahir. Matta zappelte bereits herum und wollte zur nächsten Sache übergehen, während er seine Freunde beobachtete, die draußen im Hof mit einem Ball spielten.

„Kann ich gehen, Mama?"

„Warte einen Moment." Sie hielt ihn fest, damit er nicht wegzappeln konnte. „Denk dran, morgen gehe ich und du folgst mir in ein paar Wochen. Aber du wirst deine Freunde am Ende des Schuljahres sehen. Nicht mehr lange. Und du wirst viele neue Freunde in Paris finden. Und deine anderen Cousins werden dort sein."

„Ja."

„Und wir haben ein paar Tage, bevor die Schule anfängt. Wie wäre es mit einem weiteren Ausflug ins Disneyland?"

„Cool. Kann ich ein paar Freunde mitbringen?"

„Natürlich kannst du das. Sprich es nur vorher mit Ab Zahir ab."

Ein Wirbel aus Umarmungen und Küssen, und dann war er in einer Staubwolke verschwunden. Sie beobachtete, wie das Stück Farbe auf den Marmorboden herabsank.

Ja, sie liebte Zahir, weiter als der Falke fliegen konnte. Aber sie würde nicht zum Abendessen gehen, würde sich nicht von ihm verabschieden. Sie konnte es nicht ertragen, ihn dabei zu sehen, wie er eine andere Frau so anschaute, wie er einst sie angeschaut hatte.

KAPITEL 12

Zahir beobachtete, wie der Staub aufwirbelte und sich wieder legte, während die Fahrzeugkolonne seiner entfernten Verwandten und der schönen Aisha am Horizont verschwand. Trotz seiner entschiedenen Ablehnung hatte seine Familie deren Besuch gefördert, und es endete, wie vorhersehbar, in einem Desaster. Sie meinten es gut, und er hatte nie jemanden getroffen, der schöner war als die junge Frau – oder jemanden, der ihn kälter ließ.

Während des endlosen Abendessens saß er inmitten von Gesprächen, die er nicht ertragen konnte. Seine Gedanken waren bei einer Frau, die so stachelig war wie Aisha sanftmütig; so temperamentvoll wie Aisha unterwürfig und so vielschichtig wie Aisha unkompliziert. Er sollte Aisha wollen. Jeder vernünftige Mann würde das. Aber stattdessen kreisten seine Gedanken um eine Frau, die seinen Körper und Geist wie eine Virtuosin spielte und dabei eine Magie erschuf, nach der er sich mit jedem Tag mehr sehnte.

Aber was konnte er – ein Zerstörer von Liebe und Leben – überhaupt jemandem geben? Besonders jemandem wie Anna? Er hatte ihr das Einzige gegeben, was sie wollte und was er geben konnte. Sie hatte ihm nie gesagt, dass sie ihn liebte, nie gesagt, dass sie etwas anderes wollte als ihre Träume von Freiheit.

Und obwohl er sie ausdrücklich zum Essen eingeladen hatte, war Anna nicht in den Speisesaal gekommen, der voller Menschen und Gelächter war, sich aber ohne sie leer anfühlte. Plötzlich kam ihm der Gedanke, dass sie vielleicht dem Klatsch über seinen Besuch gelauscht hatte. Aber er verwarf ihn. Anna war nicht der Typ, der Gerüchten glaubte. Nein, sie war der Typ, der tat, was ihr gefiel. Sie hatte für die Freiheit gekämpft, genau das zu tun, und sie hatte gewonnen. Sie war nicht zum Essen gekommen, weil sie einfach nicht mit ihm essen wollte. Das Gespräch, das sie angeblich mit ihm führen wollte, war offensichtlich nicht dringend. Es konnte nicht so wichtig gewesen sein wie die Vorbereitungen für ihre Rückreise nach Paris. Sie war bei Tagesanbruch aufgebrochen und hatte eine Nachricht hinterlassen, dass sie in Riad noch einkaufen müsse und Matta dort treffen würde, bevor sie nach Paris weiterfliegen würde. Und sie verschwand, ohne zu versuchen, Zahir noch einmal zu sehen.

„Ab Zahir! Schau mal.“

Zahir wandte sich seinem Sohn zu, eine willkommene Ablenkung von dem Schmerz, den er über seinen Verlust empfand, eine Ablenkung, die den Schmerz in eine dumpfe Schwere verwandelte, der er nie entkommen konnte.

Matta hielt seinen Arm ausgestreckt, ruhig und stark,

mit dem kleinen Falken darauf. Der Stolz auf dem Gesicht des Jungen über seine Leistung erinnerte ihn an Anna. Die Gesichtszüge waren die gleichen: Entschlossenheit und Mut trotz einer sensiblen Natur. Auch wenn Matta ihm äußerlich ähnelte, war er stolz zu sehen, dass er den Charme und die grundsätzlich fröhliche Natur seiner Mutter besaß. Er war jemand, der genau zeigte, was er dachte und fühlte, in seiner ausdrucksstarken Körpersprache und seinem Gesicht.

„Ausgezeichnet, aber bleib für sie ruhig. Jede Nervosität oder jeder Zweifel wird sich in deinem Arm zeigen, und sie wird unruhig werden."

„Ich bin stark, Ab Zahir. Mama sagt das auch. Es wird gut gehen. Wie weit wird sie fliegen?"

„Sie ist jung und nicht so stark wie der Wanderfalke."

Matta war vom Vogel fasziniert, beobachtete jede Bewegung seiner Augen, jedes Zucken seiner Federn. „Nicht so weit wie Mamas Liebe zu dir also."

Zahir erstarrte. „Was hast du gesagt?"

Matta hielt seinen Vogel hoch, drehte ihn im Licht, noch immer abgelenkt und gefesselt von seiner Schönheit und dem Gefühl des Besitzes. „Nichts."

„Du hast etwas über deine Mama gesagt. Matta, sag es mir."

Zahirs Dringlichkeit drang zu Matta durch, der seinen Kopf zu Zahir drehte. „Nichts Besonderes. Nur dass Mama sagte, sie würde dich über den Punkt hinaus lieben, wo wir den Falken noch fliegen sehen können. Das ist weit, oder?"

Zahir folgte Mattas Blick zum fernen Horizont. Es *war* weit. Es war auch unmöglich. Vielleicht hatte Matta sich verhört. Aber nein, so etwas würde sich der Junge nicht ausdenken. Der Falke konnte ewig fliegen, überall seine Freiheit finden.

Zum ersten Mal seit Monaten hob sich die Schwere, die ihn niedergedrückt hatte, und er fühlte sich leicht vor Möglichkeiten. Gefolgt von Zweifeln. War ihre Liebe groß genug, um seine Unzulänglichkeiten zu umfassen? Die extremen Schwankungen zwischen Zweifel und Glück spiegelten die unsicheren, sprunghaften Bewegungen von Mattas jungem Falken bei seinem ersten Flug wider. Es war das komplette Gegenteil davon, wie Zahir sein wollte. Es war außer Kontrolle, sprunghaft. Aber so war das Leben doch, oder? Das hatte er durch sein Versagen bei Abduallah gelernt. Wenn es auch nur die entfernteste Möglichkeit gab, dass Anna ihn wollte, dann musste er es wissen. Und es gab nur einen Weg, das herauszufinden.

DER WIND RISS die Blätter fort, die gerade erst braun wurden, und trennte sie vorzeitig von ihrem schwachen Halt. Paris war erfüllt vom Heulen des Windes und dem Prasseln des Regens an ihrem Fenster. Jeder Tag verging langsamer als der vorherige, während die Welt abrupt in einen Herbst überging, den Anna noch nicht wahrhaben wollte. Ihr Verstand schien in eine Art Stillstand verfallen zu sein, unfähig weiterzumachen und unfähig loszulassen von dem Leben, das der Sommer gebracht hatte.

Aber sie musste. Zahir ging mit seinem Leben weiter

und das musste sie auch. Sie seufzte und las noch einmal den Brief von Zahirs Anwalt, den sie erhalten hatte. Sie hatte ihre Unterlagen sortiert, anstatt aus dem Fenster auf die verwüsteten Bäume zu schauen, die sich im stürmischen Wind bogen und drehten, aber sie kam immer wieder auf den Brief zurück. Er hatte sie zu einem Treffen eingeladen. Worüber, stand nicht darin. Aber es konnte nur eines bedeuten. Zahir wollte die Scheidung. Sie konnte sich dem nicht stellen. Ihre Morgenübelkeit wurde schlimmer statt besser. Es sah so aus, als würde sie die ganzen neun Monate krank sein, genau wie bei Matta. Aber was sie wirklich nicht ertragen konnte, war die Endgültigkeit des Endes ihrer Beziehung. Sie konnte den Gedanken nicht ertragen, dass er jemand anderen heiraten würde. Sie wusste nicht, ob sie weitermachen könnte, wenn er das täte.

Also hatte sie das Treffen verpasst, zu dem sie an diesem Morgen hätte gehen sollen, und war stattdessen geblieben, entschlossen, den Berg an Papieren durchzugehen, den sie irgendwie angehäuft hatte. Sie zwang sich, ein weiteres Papier durchzulesen, bevor sie es in den Papierkorb warf. Dann noch eines, und dann schweiften ihre Gedanken wieder zu den sich wiegenden Bäumen und dem bleiernen Himmel ab, den sie sich als Wüstenhimmel vorstellte: so groß und strahlend. Sie schreckte aus ihrer Träumerei auf und fuhr fort, ihre Papiere zu sortieren, und fragte sich, woher sie die Kraft genommen hatte, so hart zu studieren.

Sie ließ sich schwer in ihren Stuhl zurückfallen und seufzte. Die Wahrheit war, es war ein Geschenk des Himmels, dass sie etwas hatte, das sie von dem Mann ablenkte, der ihr Herz gestohlen und ihr nur wenige kostbare Erinnerungen gelassen hatte. Ihre Hand wanderte zu ihrem Bauch und eine tiefe Traurigkeit überkam sie, gefolgt von Wut. Sie warf alle Papiere in einen Korb. Sie würde ihr Studium fortsetzen, aber es war nicht mehr ihr Leben. Es war nur ihr Leben gewesen, als sie keine Liebe darin hatte. Aber jetzt, da sie Liebe erfahren hatte, war alles andere zweitrangig.

Seit ihrer Rückkehr nach Paris hatte das Leben eine gewisse Normalität angenommen. Hier lebte sie jetzt. Es war nicht ihr Zuhause, es würde nie ihr Zuhause sein, sondern einfach nur ein Ort, an dem sie lebte. Matta ging zur Schule, wenn auch zu einer exklusiven, wo er mit den Reichen und Königlichen verkehrte, und hatte sich nach nur einer kurzen Woche bereits gut eingelebt. Er vermisste Zahir, aber Zahir hatte Matta versprochen, ihn bald zu besuchen. Nur um Matta zu sehen, dachte Anna wehmütig.

Sie hatte versucht, durch Matta mehr über Zahir herauszufinden, hatte versucht, in ihre Gespräche und ihr Spiel alles einzuflechten, was Zahirs Gefühle für sie offenbaren könnte. Aber es schien nichts zu geben. Zahir behielt seine Gefühle wie immer für sich. Alles, was sie wusste, war, dass die Dame nach Hause gegangen war und er noch keine Scheidung eingereicht hatte. Sie auch nicht. Aber die Zeiten hatten sich geändert und es schien, als wolle er weitermachen. Nun, er würde ohne ihre Hilfe weitermachen müssen. Gab es jemand anderen, wie er angedeutet hatte? War es die junge Frau, die sie vor nur wenigen Wochen im Palast gesehen hatte?

Wenn Matta es wusste, sagte er nichts.

Sie sah auf ihre Uhr. Einer von Zahirs Männern sollte Matta jetzt von der Schule zurückbringen. Sie schlüpfte in die Dishdasha, die in lockeren Falten um ihre schlanke Gestalt hing und ihren leicht gerundeten Bauch verbarg. Niemand durfte es wissen. Matta wusste es nicht und sie wollte es so lange wie möglich so behalten.

Es klopfte an der Tür. Sie wartete darauf, dass die Haushälterin öffnete. Sie wollte keinem von Zahirs Männern von Angesicht zu Angesicht begegnen. Dann fiel ihr ein, dass ihre Haushälterin mitten beim Backen war. Anna ging den gefliesten Flur zur Tür hinunter und zog ihren Umhang um sich.

„Mama!" Matta umarmte Annas Beine. Erst dann blickte Anna auf, direkt in Zahirs Augen - schwarz, kalt und distanziert. Es tat weh, diese Kälte zu sehen: Augen, die einst so heiß für sie gewesen waren, aber jetzt - nichts.

„Anna."

„Zahir." Sie presste ihre Hand auf ihre Brust und zwang sich weiterzuatmen. „Matta, ich glaube, in der Küche gibt es frische Kekse. Willst du nicht nachsehen gehen?"

Statt einer einfachen Antwort machte Matta Flugzeuggeräusche und summte aus dem Zimmer, wobei er die Tür hinter sich zuknallte.

„Was machst du hier?"

„Du hast das Treffen heute Morgen verpasst, das ich erbeten hatte, also bin ich zu dir gekommen. Ich möchte mit dir über Mattas Schulbildung sprechen. Ich bin nicht zufrieden damit."

Sie deutete an, dass er sich setzen sollte, um zu zeigen, dass sie genauso förmlich und eisig sein konnte wie er. „Ach wirklich?"

Zahir blieb stehen. „Seine Schulbildung ist völlig falsch.“

„Inwiefern?“

„Weil sie hier in Paris stattfindet und nicht bei mir in Qawaran.“

Schockiert trat Anna einen Schritt zurück. Sie hatte sich nicht einen Moment lang vorgestellt, dass er mit ihr darüber sprechen wollte, Matta zurück nach Qawaran zu holen. „Ah, ein guter konkreter akademischer Grund also.“

„Er muss mit mir zurückkommen.“

„Aber wir haben uns geeinigt.“

„Ich habe meine Meinung geändert.“

Anna holte tief Luft. Mit Wut oder Frustration zu reagieren würde sie nicht weiterbringen. „Bitte setz dich.“

Zahir setzte sich auf den angewiesenen Platz und Anna setzte sich vorsichtig gegenüber, den Rücken kerzengerade, um die Rundungen ihres Bauches nicht zu zeigen.

„Danke.“

„Matta hat ausgezeichnete Schulberichte. Er macht sich sehr gut und die Schule hat einen hervorragenden Ruf.“

„Er wird mit mir zurückkehren.“

„Nein. Er bleibt bei mir.“ Sie erhob ihre Stimme nicht. Sie war nicht mehr dieselbe verzweifelte, ängstliche Frau wie früher. Und dafür hatte sie Zahir zu danken. „Du scheinst dieses Spiel zu mögen.“

„Es ist kein Spiel.“

„Dann macht es dir nichts aus, wenn du nicht gewinnst.“

„Du weißt, dass ich immer gewinne.“

Anna beschloss, die Herausforderung zu ignorieren. „Möchtest du einen Kaffee?"

„Danke."

Sie wusste jetzt auch, wie man seine Spiele spielte - mit Anstand, aber immer bekam sie, was sie wollte. Sie erhob sich, achtete darauf, dass das Gewand ihre Figur verhüllte, und läutete die Glocke, bevor sie mit derselben Vorsicht zu ihrem harten Stuhl zurückkehrte.

„Ist es dir gut gegangen?" Sie kannte die Worte, die Form, ob die Fragen nun nötig waren oder nicht. Und in diesem Fall waren sie es nicht. Er sah so stark und gutaussehend aus wie immer.

„Ja danke. Und dir?"

Sie nickte und hoffte, er würde nicht bemerken, dass sie während ihrer Schwangerschaft statt zuzunehmen durch die ständige Übelkeit gleichgeblieben war und ihr Gesicht schmaler geworden war. „Ja, mir geht es gut."

„Du trägst qawaranische Gewänder, wie ich sehe. Du musst wohl Geschmack daran gefunden haben."

„Sie sind bequem."

„Du fühlst dich frei darin, nehme ich an."

Sie nickte. „Ja."

„Und Freiheit ist natürlich alles für dich. Wichtiger als dein Ehemann, wichtiger als dein Kind-"

„Komm nicht hierher und fang an mit mir zu streiten."

„Ich beschreibe lediglich eine Wahrheit. Es ist doch eine Wahrheit, oder?"

Das war es einmal gewesen, aber nicht mehr. Sie sah ihm in die Augen, weigerte sich jedoch zu antworten. Dass er nach monatelangem Schweigen zu ihr kam und einen Streit vom Zaun brach, machte sie wütend.

„Anna. Dein Leben – ist es so, wie du es dir gewünscht hast? Deine Freiheit?"

Seine Stimme war leise geworden, der kurze Zornesausbruch war verflogen. Aber sie wünschte, er wäre geblieben, denn ohne ihn blieb nur eine kahle Höflichkeit, die nichts bedeutete. In seinen Worten lag weder Sarkasmus noch Bitterkeit. Er wollte es einfach nur wissen; eine höfliche Nachfrage.

„Ja. Ich wollte schon immer frei sein, unabhängig sein, und das bin ich."

Er lehnte sich in seinem Stuhl zurück. Ihr gefiel nicht, wie er nachdenklich nickte. Sie spürte, wie ihre Hoffnung wuchs. Vielleicht war er wirklich gekommen, um sie zu sehen.

„Und du?"

Er nickte einmal. „Ja. Alles läuft nach Plan."

„Natürlich tut es das."

Eine schwere Stille senkte sich zwischen sie. Sie musste sie durchbrechen, anstatt seinen intensiven Blick zu ertragen.

„Also fährst du morgen zurück?"

„Das kommt darauf an."

„Worauf? Nicht auf Matta, hoffe ich."

Er blickte unter gesenkten Lidern zu ihr auf. „Nein. Ich werde ihn holen, wenn ich bereit bin. Ich warte nicht auf ihn."

„Gut." Gut war kein ausreichendes Wort, um ihre völlige Erleichterung auszudrücken.

„Nein. Ich warte auf eine Frau."

Anna wurde übel; jede neu geborene Hoffnung, dass er ihretwegen hier war, wurde zunichte gemacht. Also gab es eine Frau. „Ich verstehe."

Es klopfte an der Tür und die Haushälterin kam mit Kaffee und Kuchen beladen herein. Sie saßen beide schweigend da, während sie alles arrangierte. Anna goss eine kleine Tasse Kaffee für Zahir ein, konzentriert darauf, ihre zitternden Hände zu beruhigen, und dann eine für sich selbst, die sie nicht anrührte. Erst als sich die Tür hinter der Haushälterin schloss, sprach sie.

„Und diese Frau zeigt sich widerspenstig?"

„Ein wenig. Aber ich kenne sie gut und bin mir sicher, dass sie keine der Schwierigkeiten haben wird, die du anfangs in Qawaran hattest."

„Nun, das ist gut für sie. Und gut für dich dann."

„Ja. Aber es würde ihr helfen, mit dir darüber zu sprechen."

„Wenn du meine Hilfe brauchst, verlierst du wohl deinen Einfluss."

„Nein." Er lehnte sich vor. „Ich kann dir versichern, sie ist sehr empfänglich für meine Berührung."

Anna zwang sich, bei seinen Worten nichts zu empfinden, aber es gelang ihr nicht. Sie holte tief und unruhig Luft, um wenigstens das Zittern zu unterdrücken. Konzentrieren, einfach auf die Worte konzentrieren. „Was dann? Sie will nicht in Qawaran leben?"

„Sie ist sich im Moment unsicher. Sie braucht Zeit, um sich zu entscheiden." Er lehnte sich zurück und nippte an seinem Kaffee, ohne den Blick von ihr zu nehmen. „Vielleicht könntest du mit ihr sprechen, ihr von dem Ort erzählen?"

Schmerz schoss von ihrem Herzen durch ihre Glieder. Es war wirklich wahr. Eine andere Frau würde in das Leben treten, das ihres gewesen war und das sie nie so geschätzt hatte, wie sie es hätte tun sollen. Erst in den letzten Monaten, als sie alles bekommen hatte, was sie angeblich immer gewollt hatte, wurde ihr klar, was sie verloren hatte, was sie nie gewürdigt hatte, was es wirklich war, wonach sie sich die ganze Zeit gesehnt hatte. Aber dafür gab es jetzt keine Chance mehr.

„Was könnte ich ihr erzählen, was du ihr nicht sagen könntest?"

„Ich denke, du bist die einzige Person, auf die sie hören würde."

„Das überrascht mich. Ich hätte gedacht, ich wäre die letzte Person."

„Nein. Du bist die einzige Person, die erlebt hat, was sie erleben wird. Dir hat es doch gut gefallen in Qawaran, oder?"

Sie nickte.

„Dann könntest du ihr erzählen, was du vom Palast als Wohnort hältst. Was würdest du ihr sagen?"

Sie konnte seinem Blick nicht standhalten. Er schien ihr bis in die Seele zu dringen. Sie rutschte auf ihrem Sitz herum. „Es ist ein sehr zufriedenstellender Ort."

„Zufriedenstellend? Das würde ihr nicht viel sagen. Sie würde wissen wollen, wie es dort ist."

Anna schloss die Augen, als sie sich an die hohen Mauern erinnerte, das Licht, das durch die alten Korridore fiel, den endlosen Ausblick, die immerwährende Wasserquelle, die Leben und Heilung spendete.

„Es ist magisch", flüsterte sie, während ihr der Schweiß auf die Stirn trat. Die Worte schienen ihr herausgepresst worden zu sein. Sie fühlte sich schwach. Aber sie durfte nicht schwach sein. Nicht jetzt, nicht vor Zahir.

„Gut. Dann sollte sie keine Bedenken haben, dort zu leben."

Anna verschränkte ihre Hände ineinander, ihre Finger rieben aneinander, während sie versuchte, ihre Kraft zu sammeln und sicherzustellen, dass das Gewand von ihrem Bauch weggezogen war.

„Ich hoffe, das reicht dir?"

„Nein. Sie würde gerne etwas über das Land wissen."

Anna blickte nach unten, während ihr Geist Erinnerungen einfing an sengende Hitze, die weiß schimmerte und mit Wasserspiegelungen spielte, Horizonte einer untergehenden Sonne, die ihr reiches Licht über die weite Landschaft ergoss; an trockene Wadis, von Wasser und Zeit in die Berge geschnitten.

Sie nickte und schluckte, während sie seinem Blick begegnete. Sie würde nicht heucheln. Je direkter sie war, desto schneller wäre dieses schreckliche Gespräch vorbei. „Es ist auch magisch."

„Und das Klima?"

Anna spürte, wie sie in sich zusammensank. Dieses Verhör schien eine Ewigkeit zu dauern. Aber sie konnte nicht aufgeben.

„Extrem."

Sie bemerkte, wie sein Gesicht bei dem zweideutigen Wort leicht einfiel, als würde sie Kritik andeuten.

„Du hast das Klima nicht genossen?"

„Wie könnte man den Regen nicht genießen, der nach so viel Sonne fiel; dann das Licht der Sonne gefolgt von der Brillanz der Sterne-" sie brach ab.

„Und die Menschen, meine Familie?"

„Sie sind freundlich. Deine neue Frau wird keine Probleme mit ihnen haben. Sie wird ihre Gesellschaft genießen."

„Das klingt sehr zufriedenstellend. Ich bin sicher, sie

wird deine Worte sehr tröstlich finden. Habe ich noch etwas vergessen? Was ist mit mir? Was würdest du über das Leben mit mir sagen? Hast du irgendwelche Ratschläge für sie?"

Sie blickte ihm dann in die Augen, konnte nicht glauben, dass er sie durch den Schmerz jedes Elements des Lebens mit ihm ziehen würde, durch die Augen einer anderen Person.

„Ich würde ihr sagen-" aber sie konnte nicht weitersprechen, sie hörte und fühlte, wie ihre Stimme brach.

„Sprich weiter."

„Du würdest nicht wollen, dass ich mit ihr über dich spreche."

„Warum nicht?"

„Weil ich ihr die Wahrheit über dich erzählen würde."

„Ich fürchte mich nicht vor der Wahrheit." Seine Augen glitzerten.

„Ja. Sie erkennt wahrscheinlich schon, was für ein arroganter, gefühlloser Bastard du bist, der vor nichts Halt macht, um zu bekommen, was er will. Der sogar seine Ex-Frau-"

„Noch nicht *Ex-*"

„Seine Ex-Frau dazu bringt, ihr gut zuzureden, damit sie tut, was er will."

„Und was würde diese Schmeichelei sagen? Sag mir, Anna, war ich so schlimm zum Zusammenleben?" Er lehnte sich vor und beobachtete sie, seine Augen nicht länger kalt, sondern heiß, brennend, verlangend.

Sie sah ihm in die Augen, überrascht. „Schlimm?" Sie schüttelte den Kopf und spürte das Brennen der Tränen unter ihren Lidern. „Nein. Du warst – alles. Nicht gut, nicht schlecht, einfach nur du."

„Einfach nur ich. Nun, wir müssen hoffen, dass das für sie reicht."

Sie sank erschöpft in ihren Stuhl zurück, aber es gab noch eine Sache, die sie klären musste. „Ich kann nicht zulassen, dass Matta in Qawaran von einer anderen Frau betreut wird. Ich kenne sie um Gottes willen nicht einmal. Das kann ich nicht zulassen, Zahir, bitte tu mir das nicht noch einmal an."

„Wir haben einmal einen Handel geschlossen. Und wir haben beide Seiten des Handels eingehalten. Darf ich fragen, Anna, war deine Seite des Handels es wert? Deine Freiheit?"

Sie schloss ihre Augen. „Hör auf damit, Zahir. Was willst du von mir?"

„Ich will die Wahrheit. Du hast jetzt niemanden mehr zu beschützen, keinen Grund mehr, mir nicht die Wahrheit zu sagen. Hast du das bekommen, was du wolltest, was du glaubtest, dass die Freiheit dir bringen würde? Hast du?"

Wie konnte er nur denken, dass sie das Leben ohne ihn in den letzten Monaten genossen hatte? Ja, ihr Studium und Matta und das Leben in Paris hatten Freude gebracht. Aber das verblasste zur Bedeutungslosigkeit neben der Sehnsucht, mit der sie leben musste. Sie hatte getan, was sie tun musste, aber es war wie Schlafwandeln, wie ein mechanisches Durchführen von Bewegungen, während man darauf wartete, wieder ins Bett gehen zu können und von dem Mann zu träumen, in dessen Armen man sich sehnte zu sein.

„Ja."

Er sprang auf und ging zum Fenster.

„Und nein", fügte sie hinzu.

Er drehte sich zu ihr um. „Hör auf, mit mir zu spielen, Frau, und sag es mir geradeheraus."

„Hast du denn immer noch nichts gelernt? Nichts ist geradeheraus. Nichts ist schwarz oder weiß."

„Manche Dinge sind es, Anna. Manche Dinge sind es."

„Dann sag du es mir. War deine Seite des Handels es wert? Hast du dich von deiner Besessenheit von mir befreit? Sind deine Tage und Nächte jetzt friedlich?"

Sein Kiefer spannte sich an mit einer Anspannung, die schwarz in seinen Augen funkelte. „Du verlässt mich nie."

Ihre Lippen öffneten sich, ein Schauer durchfuhr ihren Körper und sie schluckte schwer.

„Ich muss es wissen", fuhr er fort. „Und dann werde ich dich für immer verlassen. Deine Freiheit. War sie das alles wert? Ist es das, was du wirklich willst? War sie es, Anna?" Er erhob sich und stand über ihr, seine Hände ballten sich zu Fäusten und öffneten sich wieder, als müsse er sich zurückhalten, sie nicht zu berühren. „Ich muss es wissen."

Sie leckte sich über die trockenen Lippen. „Verhandeln ist so ein nützliches Werkzeug."

Sein Stirnrunzeln hätte eine Waffe sein können. „Es ist nur nützlich, wenn beide etwas haben, das der andere will."

„Oh, ich habe, was du willst. Und ich rede nicht von Matta."

Er kam zu ihr und fuhr mit seinen Fingern durch ihr Haar, hielt ihr Gesicht fest zwischen seinen großen Händen. Sie konnte ihre Rauheit und ihre Zärtlichkeit in jeder Sehne seiner Finger spüren.

Sein Gesicht war jetzt nah an ihrem, seine Lippen nur einen Atemzug entfernt. „Sag mir, was du hast, das ich will. Sag es mir jetzt, Anna, bevor ich verrückt werde."

„Das." Sie überbrückte den schmalen Abstand zwischen ihnen und presste ihre Lippen sanft auf seine. Keiner bewegte sich, sie hielten einfach die sanfte Berührung ihrer Lippen, kosteten sie aus, ließen die Verbindung durch ihre Körper fließen, durch jeden Nerv, jede Faser, jeden Muskel, jede Vene, bis sie beide erfüllte.

Sie trennten sich dann. Aber die Verbindung war wiederhergestellt, geschmiedet durch einen Kuss. Es war in seinen Augen, als er sie ansah, und es war in ihren Augen, als sie auf das eine blickte, von dem die Freiheit sie ausgeschlossen hatte, den einen Mann, ohne den sie nicht leben konnte.

„Ich liebe dich, Zahir. Du machst mich frei. Du bist alles, was ich will."

„Anna." Halb Stöhnen, halb Seufzen. Sie spürte ihren Namen auf ihren Lippen, als seine sie in einem Kuss fanden, der Leben zurück in ihr Leben hauchte, ihr die Leidenschaft zurückgab, ohne die sie nicht leben konnte. Er zog sich zurück, als würde er plötzlich an ihren Worten zweifeln. „Ich liebe dich, Anna. Du hast mir gezeigt, wie man liebt, du hast mich gezwungen, in mich selbst zu schauen und diese Liebe zu finden. Und das habe ich. Aber bist du sicher, dass du mich liebst, nach all den Fehlern, die ich gemacht habe, nachdem ich dich und meinen Bruder im Stich gelassen habe?"

Sie lächelte diesen Mann an, so stark und doch jetzt vor ihr nicht mehr ängstlich, sein wahres Selbst zu zeigen. „Keine Fehler, kein Versagen. Nur ein Herz, das manchmal falsch abbiegt. Herzen tun das."

„Komm mit mir zurück nach Qawaran."

Sie lächelte. „Das kommt darauf an."

„Worauf?"

„Darauf, was für einen Handel ich aushandeln kann.“

„Ich verstehe. Und was willst du also von mir im Gegenzug für deine werte Person?“

„Unsterbliche Liebe für mich und deine Kinder.“

„Einverstanden. Ich fühle diese Liebe bereits für dich und Matta.“

„Ich brauche mehr als das.“

Er runzelte die Stirn. „Ich liebe dich, Anna. Ich liebe Matta. Das werde ich immer tun. Ich verspreche, für euch zu sorgen, euch zu schätzen, euch für immer zu verehren. Ist das nicht genug?“

Sie schüttelte den Kopf. „Nein, ich brauche“, sie nahm seine Hand und drückte sie fest gegen ihren Körper, ließ seine Handfläche die Rundungen ihres offensichtlich schwangeren Bauches nachzeichnen, sodass kein Zweifel blieb „dass du auch sie liebst.“

Er seufzte und ließ seine Stirn gegen ihre sinken. Seine Augen schlossen sich, seine Hand streichelte nun ohne ihre Hilfe ihren Bauch.

„Du bist schwanger.“ Er hauchte die Worte mehr, als dass er sie aussprach, und sie spürte seine Freude in jeder Nervenfaser ihres Körpers.

„Ja. Ich hatte ein Ultraschall. Es ist ein Mädchen.“

„Eine Schwester für Matta“, murmelte er, während er seine Lippen in einem kurzen Kuss auf ihre presste. Sie wollte mehr, aber er hielt ihr Gesicht fest in seinen Handflächen, verführerisch nah, aber nicht nah genug zum Küssen. Sie runzelte die Stirn, als sich ein Lächeln auf seinen Lippen ausbreitete. „Jetzt bin ich an der Reihe, gierig zu sein, denn, Anna, das ist nicht genug für mich.“

„Was meinst du?“

„Er wird auch einen Bruder brauchen.“

Sie grinste zurück. „Natürlich." Sie leckte sich über die Lippen. „Ich nehme an, der Handel ist dann besiegelt", flüsterte sie.

„Das nimmst du richtig an", sagte er, als er sie zu sich zog in einen Kuss, der ihren Körper zittern und ihr Herz vor Freude überfließen ließ.

EPILOG

Einige Jahre später...

Anna hob ihren sechs Wochen alten zweiten Sohn von ihrer Brust und küsste seinen flaumigen Kopf. Sie richtete ihre Kleidung und reichte das schläfrige Baby in die ausgestreckten Arme ihrer Nanny, genau als Zahir den Raum betrat.

„Zahir! Ich habe dich nicht erwartet. Ich dachte, du wärst noch in der Besprechung mit den ausländischen Journalisten."

Er nahm das Baby von der Nanny und wiegte es in seinen Armen. In Annas Hals bildete sich ein Kloß. Es bewegte sie zu sehen, wie Zahir sich über die Jahre mit jedem neuen Kind, das sie zur Welt brachten, verändert hatte. Das Baby gab ein zufriedenes kleines Brummen von sich und schlief dann prompt ein, eingebettet in seinen Armen. Zahir streichelte seine Wange und schaute dann zu Anna auf mit einem Ausdruck voller Liebe, der ihr Tränen in die Augen trieb.

„Das wäre ich auch, wenn sie mit mir hätten sprechen wollen. Aber sie sind hier, um dich zu sehen. Die Tatsache, dass du die erste Anwaltskanzlei für Frauen mit Niederlassungen im gesamten Nahen Osten eröffnet hast, scheint weltweit Schlagzeilen zu machen."

„Ha!", sagte Anna triumphierend, während sie aufstand und sich im Spiegel überprüfte, ihren Morgenmantel zurechtzupfend. „Genau wie ich gehofft hatte. Das wird die Aufmerksamkeit aller auf rechtliche Probleme lenken, die bisher unter den Teppich gekehrt wurden... bis jetzt."

Sie warf einen Blick in den Spiegel auf Zahir, der gerade das schlafende Baby an die Nanny zurückgab. Die Tür schloss sich hinter der Nanny, und Zahir trat hinter sie und legte seine Arme um ihre Taille, zog sie an seinen harten Körper. Verlangen durchfuhr sie und sie schloss kurz die Augen, ließ zu, dass die verführerischen Empfindungen zu jenen Teilen ihres Körpers wanderten, die nie genug von ihm bekommen konnten. Sie neigte ihren Kopf, damit seine Lippen die empfindlichen Stellen ihres Halses finden konnten.

„Du", murmelte er „hast die Fähigkeit, die Aufmerksamkeit aller auf dich zu ziehen." Er küsste sie erneut, tiefer, näher an ihren durch das Stillen überempfindlich gewordenen Brüsten. Sie stöhnte und rieb sich an seiner Erektion. „Meine eingeschlossen", fügte er hinzu. Dann seufzte er und löste sich von ihr. „Allerdings scheint es, dass ich dich heute mit der Welt teilen muss. Sie haben Kameras dabei. Deine Arbeit für Frauenrechte und gegen häusliche Gewalt hat viel Interesse geweckt."

Sie seufzte. „Positives und negatives Interesse. Mit dem negativen komme ich nur schwer klar."

„Natürlich. Aber du musst daran denken, dass ich

immer hinter dir stehen werde, wie man in den USA sagt. Und außerdem musst du einfach nur von Herzen sprechen, dann wirst du sie für dich gewinnen."

„Mein Herz? Wird das denn reichen?"

Er drehte sie in seinen Armen. „Anna, meine Liebste, das wird mehr als genug sein." Er seufzte, als er ihren offensichtlichen Zweifel sah. „Sag mir jetzt, warum du getrieben warst, die Firma zu gründen."

„Du weißt warum."

„Erzähl es mir. Dann behältst du es im Kopf, wenn du die Journalisten triffst."

„Wegen dem, was mir in meiner Kindheit passiert ist." Sie hielt inne. „Ich möchte, dass Frauen wissen, dass sie, egal woher sie kommen, sein können, wer sie sein möchten. Sie können ihren Träumen folgen und diese Träume Wirklichkeit werden lassen."

„Es sei denn, ihr Leben wird von fordernden Männern verkompliziert." Zahirs Ton war leicht, aber Anna wusste, dass er seine autoritäre Art ihr gegenüber zu Beginn ihrer Beziehung bereute.

Sie dachte über seine Worte nach, während sie Hand in Hand den Korridor entlang zu seiner Bürosuite gingen. Sie hielten vor dem Raum inne, in dem die Journalisten warteten.

„Ich hätte einen Weg gefunden, weißt du. Qawaran zu verlassen... mit Matta. Aber, mein Liebster, ich wollte gar nicht. Von dem ersten Moment an, als ich dich vor all den Jahren sah, wusste ich, dass du mir gehörst und ich dir." Sie zuckte mit den Schultern. „Das war alles. Punkt." Sie zuckte erneut mit den Schultern. „Natürlich gab es einige... *Probleme*, die wir lösen mussten."

Er lächelte. „Und das haben wir, oder? Und wir sind

dadurch stärker geworden." Er strich ihr eine Haarsträhne hinters Ohr. „Bist du nun bereit, deine Anonymität hinter dir zu lassen und ins Rampenlicht zu treten?"

Sie biss sich auf die Lippe, nickte aber und richtete sich auf, als er die Doppeltüren öffnete und sie einer Flut von Scheinwerfern und Kamerablitzen aussetzte. Sie holte tief Luft, lächelte und trat in das volle Licht des öffentlichen Interesses, während sie Zahirs Hand leicht an ihrem Rücken spürte. Sie lächelte in die Kameras, wissend, dass er Recht hatte. Er würde immer für sie da sein, und mit der Kraft seiner Liebe im Rücken konnte sie allem die Stirn bieten.

ENDE

Kaufen Sie jetzt das nächste Buch der Serie!

Eine Liebesaffäre, die nicht von Dauer sein darf...

Hier ist eine Rezension von *„Des Scheichs Verlorene*

Geliebte", die Ihnen einen Vorgeschmack darauf gibt, was Sie erwartet.

„Die Geschichte ist voller Magie, Romantik und wunderbarer Charaktere, die es einem leicht machen, sich mit der Geschichte zu verbinden. Dies ist eine meiner liebsten Geschichten über Scheichs. Ich kann es ABSOLUT empfehlen." (Apple Books US)

Des Scheichs Verlorene Geliebte

NACHWORT

Vielen Dank, dass Sie „Die Schnäppchenbraut des Scheichs" gelesen haben. Ich hoffe, es hat Ihnen gefallen! Rezensionen sind immer willkommen - sie helfen mir und potenziellen Lesern bei der Entscheidung, ob ihnen das Buch gefallen würde.

Dies ist das zweite Buch der Serie **Wüstenkönige**, die aus zwei Teilen besteht:

Gesucht: Eine Ehefrau für den Scheich
Die Schnäppchenbraut des Scheichs
Des Scheichs Verlorene Geliebte
Vom Scheich geweckt
Beansprucht vom Scheich
Gesucht: Ein Baby vom Scheich

Viel Spaß beim Lesen!

Diana

DES SCHEICHS VERLORENE GELIEBTE

BUCH 3 VON WÜSTENKÖNIGE-RAZEEN

Eine Liebesaffäre, die nicht von Dauer sein darf...

Lucy Gee reist nach Sitra, um ihre vermisste Schwester Maia zu finden, die zuletzt in den Armen des Königs gesehen wurde. Lucy führt keine langfristigen Beziehungen, aber als sie dem König begegnet, verfällt sie ihm hoffnungslos. Sie muss nur ihre Anziehung lange genug kontrollieren, um Maia zu finden, aber nicht so lange, dass sie ihr Herz verliert. Zwei Wochen sollten reichen.

Scheich Razeen ibn Shad war nie dazu bestimmt, König zu werden. Aber nach dem Tod seines Vaters und Bruders ist er entschlossen, seine Pflicht zu erfüllen, auch wenn das bedeutet, eine arrangierte Ehe mit einer sitranischen Prinzessin einzugehen, um die Zustimmung seines Volkes zu gewinnen. Doch er hat noch zwei Wochen Zeit, bevor er sich für eine Frau entscheiden muss. Zwei Wochen für eine Affäre mit Lucy. Was könnte da schon schiefgehen?

Auszug

König Razeen ibn Shad blickte über die ruhigen Gewässer der Bucht, die im Licht des hellen Mondes silbern schimmerten, und beobachtete, wie sein alter Freund an Bord der Yacht stieg. Es war ein schöner Abend gewesen: Essen und Gespräche mit jemandem, der weder sein Angestellter noch sein Untertan war, jemandem, der nichts von ihm wollte. Das gemeinsame Lachen und die Erinnerungen machten die Einsamkeit danach noch schwerer zu ertragen. Aber er hatte keine Wahl. Sein Land musste an erster Stelle stehen.

Er wollte sich gerade abwenden, als ein weißes Aufblitzen auf dem ruhigen Wasser seine Aufmerksamkeit erregte. Er kniff die Augen zusammen und erkannte einen Schwimmer: Arme, die sich in einer geschmeidigen Bewegung durchs Meer bewegten, darauf ausgelegt, sich schnell durchs Wasser zu bewegen, die ruhige Oberfläche nicht zu stören, nicht gesehen zu werden. Und es hätte funktioniert, wenn er nicht so genau hingeschaut hätte.

Er bewegte sich in den Schatten der Palmen, die den Strand säumten, und beobachtete die schwache Bewegung im Wasser, die näher kam. Der Strand war gesperrt, bis die wissenschaftliche Untersuchung des Korallenriffs, die sein Freund durchführte, abgeschlossen war. Bis dahin hatte niemand die Erlaubnis, hier zu sein. Beim letzten Mal, als sie Eindringlinge hatten, war ein Teil der Korallen für immer verloren gegangen. Er würde sicherstellen, dass das nicht wieder passierte.

Lucy stieg aus dem Meer auf den noch warmen Sand, wrang ihr langes Haar aus und ging den Strand hinauf. Nach einem Tag der Essenszubereitung unter Deck hatte sie ein Bad gebraucht – und was für ein Bad. Das Wasser war so warm wie die sanfte Luft, die jetzt ihren Körper streichelte. Sie atmete tief die duftende Luft ein und sah sich um.

Der Strand war eine perfekte Mondsichel aus weißem Sand unter dem schützenden Bogen der Palmen. Auf einer Seite der kleinen Bucht ragte ein felsiges Vorgebirge ins Wasser, das den Beginn des Korallenriffs markierte, das die Wissenschaftler auf dem Boot untersuchen wollten, und auf der anderen Seite konnte sie die unregelmäßigen Umrisse der Mangrovenbäume erkennen.

Sie war überall auf der Welt gereist, aber nichts kam der Perfektion dieses unberührten Ortes nahe. Der weiße Sand leuchtete fast unter dem Sternenlicht und dem Dreiviertelmond. Der Strand war leer: keine Lichter, keine Menschen und kein Geräusch außer dem fernen Ruf einer Eule und dem verführerischen Plätschern und Rauschen der Wellen. Sie war ganz allein. Das einzige Zeichen von Zivilisation war eine flache Villa in einer benachbarten Bucht und die Yacht, die träge nahe dem Riff schaukelte.

Perfekt. Oder es wäre perfekt gewesen, wenn sie nicht am nächsten Tag ihren Plan in die Tat umsetzen müsste.

Auch von Diana Fraser

Die bequemen Bräute des Scheichs
Gestrandet mit dem Scheich
Vom Scheich verführt

Diamant-Scheichs
Auf Befehl des Scheichs
Auf Geheiß des Scheichs
Zum Vergnügen des Scheichs

Die Geheimnisse der Scheichs
Die Rache des Scheichs durch Verführung
Das geheime Liebeskind des Scheichs
Die Heiratsfalle des Scheichs

Die Scheichs von Havilah
Das geheime Baby des Scheichs
Gekauft vom Scheich
Die verbotene Liebhaberin des Scheichs
Kapitulation vor dem Scheich
Genommen für den Harem des Scheichs

Wüstenkönige
Gesucht: Eine Ehefrau für den Scheich
Die Schnäppchenbraut des Scheichs
Des Scheichs Verlorene Geliebte
Vom Scheich geweckt
Beansprucht vom Scheich
Gesucht: Ein Baby vom Scheich

Britische Milliardäre
Die Vertragsehe des Milliardärs
Der unmögliche CEO des Milliardärs
Das geheime Baby des Milliardärs

Italienische Romanze
Der Perfekte Liebhaber des Italieners
Vom Italiener Verführt
Der Leidenschaftliche Italiener
Ein Zufälliges Weihnachtsfest

Die Mackenzies
Ein Ort Namens Heimat
Die Geheimnisse der Parata Bay
Flucht nach Shelter Springs
Was Sie in den Sternen sehen
Zweite Chance in Whisper Creek
Sommer im Lakehouse Café

Laternenbucht
Deines zu Geben
Deines zu Schätzen
Deines zu Hegen
Deines zu Halten
Deines für Immer
Deines zu Lieben

Norfolk-Ritter - Mittelalterliche Romantik
Beanspruchung Seine Dame
Verführung seiner Dame
Erweckung seiner Dame
Norfolk Ritter (Bücher 1-3)

Diana schreibt Liebesromane mit Geschichten, die einen zum Umblättern der Seiten anregen, und mit Figuren, die sich real anfühlen – seien es Scheichs, britische Milliardäre, mittelalterliche Ritter oder ganz normale Menschen, deren Leben normalerweise alles andere als gewöhnlich ist (zumindest in ihren Büchern!).

Sie lebt im wunderschönen Neuseeland, nördlich von Wellington, in einem kleinen Dorf am Meer. Sie ist eine begeisterte Menschenbeobachterin, hoffnungslose Romantikerin und Träumerin, die viel zu viel Zeit damit verbringt, aus dem Fenster zu schauen und sich Szenen vorzustellen, in denen Menschen mit dem Leben und ihren Gefühlen zu kämpfen haben, die aber immer ein Happy End haben. Denn ja, sie ist auch eine ewige Optimistin!

Mehr über sie erfahren Sie auf ihrer Website — dianafraser.com.